그리움 한 움큼 캐러멜 한 개

그리움 한 움큼 캐러멜 한 개

2019년 02월 20일 초판 1쇄 펴냄

지은이 / 이지혁

펴낸이/ 길도형
편집/ 박지윤
디자인/ 우디 크리에이티브
인쇄/ 수이북스
제책/ 수이북스
펴낸곳/ 타임라인
출판등록 제406-2016-000076호
주소/ 경기도 고양시 일산서구 덕산로 250
전화/ 031-923-8668 팩스/ 031-923-8669
E-mail/ jhanulso@hanmail.net

Copyright ⓒ 이지혁, 2019

ISBN 978-89-94627-75-5 03810

이 도서의 국립중앙도서관 출판예정도서목록(CIP)은
서지정보유통지원시스템 홈페이지(http://seoji.nl.go.kr)와
국가자료종합목록시스템(http://www.nl.go.kr/kolisnet)에서
이용하실 수 있습니다. (CIP제어번호 : CIP2019004133)

그리움 한 움큼 캐러멜 한 개

이지혁 지음

크림
라온

책을 펴내며

    2016년에 이어 약 3년 만에 출간 작업을 했다.

    언젠가 정치를 직업으로 삼느냐, 마느냐의 문제로 잠시 고민한 적이 있었다. 시작은 분명 취미로 시작했는데 어쩌다 보니 그 사명감이 점점 커지게 되어 약 7년 동안 인터넷 언론매체를 통해 글들을 쏟아냈다. 그리고 그 중에는 정치적인 글들이 적지 않다 보니 가끔 사적인 경로를 통해 정치권에 있는 사람이냐는 질문을 받기도 하고, 만남을 제안받기도 했다.

    본디 직업은 따로 있었으나 짬짬이 오프라인에도 참여하고, 어떤 때는 큰 선거를 돕는 일도 경험하다 보니 나 나름 정치권에 인맥이 늘어나고, 이런저런 새로운 기회들이 조금씩 생기고는 했다. 하지만 나의 정치적인 반경이 더 이상 확장되긴 힘들었다. 비록 정치적인 글이 어떤 목적을 가지고 썼다 할지라도, 그 글을 도구삼아 나 자신이 무엇이 되어야겠다는 목적이나 의도는 전혀 없었기 때문이다.

    체질적으로 계산적이거나 의도적인 여의도 방문이나 모임 참석, 인맥 쌓기는 나와 맞지가 않았다. 무슨 무슨 단체나 모임을 만들어 인위적으로 사람 수를 늘리면서 자기 정치를 하는 일에도 전혀 흥미를 느끼지 못했다. 지금은 잠시 몸담았던 모 정당의 당원 생활조차도 탈당계를 제출하고 완전히 자유로운 몸이 되어 있는 상태다. 그렇게 조심스럽게 행동을 했음에도 불필요한 오해들도 있었다. 결국은 자기 정치를 위해서 저러는 것 아니냐는 식이었다.

그러던 중 모 국회의원실로부터 일자리 제안을 받았다. 그 나름 영광스러운 자리였으나 그리 쉽게 결정할 수 있는 일은 아니었다. 많은 고민이 필요했다. 우선 정치라는 전쟁터에서 시달려야 하는 업무 스트레스에 대한 두려움도 있었다. 그리 내세울 만한 일은 아니지만 그 제안이 있기 몇 달 전부터 새롭게 시작한 직업을 중단했을 때 오는 부담감도 있었다.

처음에는 거절 의사를 밝혔지만 간격을 두고 설득을 더 해왔기 때문에 고민은 커져갔다. 하지만 생각만 많았을 뿐, 좀 더 구체적으로 내가 사람을 만나 보겠다거나 하는 적극성이 결여된 상태에서, 이런 문제로 고민을 털어 본 대상은 극히 제한적이었지만 정치 쪽 일은 하지 않는 게 좋겠다는 조언을 받아들여 더 이상 고민은 하지 않기로 했다.

　그러던 사이에 의원실 내부에서도 부정적인 기류가 형성되고, 또 다른 내부 사정까지 겹쳐 그 일은 그냥 없었던 일이 되어 버렸다. 정치 관련된 일을 직업적으로 할 수 있었던 기회는 그것이 마지막이라고 생각한다. 정치 관련 직업을 갖느냐 마느냐의 문제조차 이리도 어려운 일인데, 정식으로 정치의 무대에 도전한다는 것은 나로서는 정말 언감생심이 아닐 수 없다. 정치는 누구나 관심가질 수 있지만 누구나 정치를 할 수 있는 것은 아니다.

　오늘 아침도 나는 정치와는 전혀 무관한 스케줄대로 하루를 움직일 채비를 하는 중이다.
　이 책의 90퍼센트 이상은 비정치적인 내용으로 구성되어 있다. 일전에 출간한 정치 관련한 책의 시즌2를 기대했던 분들께는 이 자리를 빌려 약속을 지키지 못하게 되어 죄송하다는 말씀을 드린다. 내 생애 지나쳐 버린 많은 시간들을 함축 정리해 보자는 의미에서 기억 속 창고의 문을 열어 생각나는 대로 써 내려갔다. 일상에서 경험한 것들, 사람을 좋아하면서 느꼈던 감정, 음악에 몰입하면서 느꼈던 감흥, 견고한 추억들과 세상을 바라보면서 고민해 본 것들에 대한 짧은 기록들을 모아 산문집 형식을 빌려 한 권의 책 속에 담고자 했다. 순간순간 떠오른 기억과 느낌들을 스냅사진 찍듯 써 내려가다 보니 글이 길지 않고, 보정되지 못한 날 것들이 많이 있다. 그런 부족함조차도 의미 있는 작업이 되길 희망하면서.

2019년 2월 정월 대보름을 앞두고

차례

강강 강강

기억이 어렴풋한 세 살 어느 무렵
지금은 어딘지도 모를 동두천의 어느 곳
집이 있고, 동네가 있고, 철길이 있던 곳
어느 날 보이지 않는 아들 찾아
동네 한 바퀴를 다 도셨던 어머니
철길 옆 누워 있는 세발자전거
그 앞에서 흙 만지며 놀고 있던 꼬마
강강 강강
철길 쪽을 가리키던 나

그제서야 놀란 가슴 감추시며
활짝 웃던 어머니

*강강 강강(관광 기차)

불면증

어두운 밤
내내 뒤척이며
잠을 설쳤다.

그녀에게서 전화가 왔다.
잠을 못 잤다는 말을 꺼냈다.
무슨 고민이 있는 거냐고 물어 온다.
그냥 이유를 모르겠다고만 답했다.
너 때문이라고 말하기에는 힘이 들었다.

차마 말할 수 없는 나의 불면증.

보온병

보온병을 샀다.

녀석을 장만하려 발품 팔고, 검색까지 해보기는 처음이다.

1,000밀리리터의 용량. 아주 넉넉치는 않지만 적어도 하루 동안은 온기를 유지시키는 능력이 기특하다.

인스턴트이면서도 왠지 인스턴트스럽지 않은 감성과 미더움도 있다. 물의 양과 커피의 진하고 연하기를 내 입맛에 따라 조절할 수 있고, 완성된 맛과 온기는 쉽게 주인을 배신하지 않는다.

커피 스틱 세 개를 투입시켰다.

커피 가루들은 금세 물 속에서 마법을 부린다.

긴 원통 속으로 그리움이 가득 차 버렸다.

초인종

딩동~

밖에서 문을 열어 달라는 소리가 들렸다.

오후에 택배 몇 개가 도착할 예정이라 아무 생각없이 문을 열었다. 문 앞에서 낯선 아주머니가 인사를 꾸벅 한다.

"애들 있으면 학습지 하세요."

'아직도 무작위로 가정집 문을 두드리는 방문 판매 영업을 하는 사람들이 있구나' 하는 생각을 하게 되었다.

결코 쉬운 영업이 아닐 텐데.

높은 벽 앞에서 살아가는 사람들이 많다.

팍팍한 삶이다.

권태기

일 년여 만에 펌을 했다.
그녀도 일 년여 만에 머리를 했다.
생활의 권태기에서 벗어날
기분전환이 필요했다던 그녀
작은 충전과 변화가 필요했던 나

나는 그녀를 위해
그녀는 다른 이를 위해
머리를 했다.
서로의 권태기는 그렇게 비껴갔다.

속도 때문에 잃어버린 것들

KTX보다 더 빠른 기차의 탄생이 단지 축복이지는 않다는 생각이 들었다. 지방을 빛의 속도로 다녀와야 할 만큼 급하게 이용할 사람들이 많이 있는지는 모르겠다.

조금 더 빠르고 고급스런 기차들의 탄생으로 서민들의 기차인 비둘기호며 통일호를 없애 버렸으니, 또 다른 핑계로 무궁화호도 없애 버릴 날이 올지도 모를 일이다.

비둘기호는 내 생애 딱 한 번 타 본 적이 있는데, 바구니 들고 행상하는 할머니들이 많이 타고 있던 기억이 남아 있다.

생계를 책임지던 고된 기차였다.
그 때 그 할머니들은 지금은 어디서 무얼 하고 계실까?

콩깍지

콩깍지에 씌게 되면
상대의 거짓말을 액면 그대로 믿어 버리게 된다.
콩깍지에 씌게 되면
자신의 비밀이 영원하리라 믿기도 한다.

콩깍지가 씌면
하늘 밑 둘도 없는 바보가 되어 버리고
콩깍지가 씌면
찰나의 서툰 연극배우가 되어 버린다.

스피치의 타이밍

전철을 타고 어디론가 이동 중인데 전철 안에서 어떤 아저씨가 열심히 제품 설명을 하고 있다. 이를 지켜본 옆에 있는 아주머니 두 사람이 속삭이는 소리가 들린다.

"사람들 다 내릴 때까지 설명을 장황하게 하는 아저씨들이 있더라"는 것이었다.

예전에 전국을 다니며 설명회를 하던 시절이 있었는데 파워포인트를 제작하고, 스크립트를 만들어 외우고, 연습하다가 시나리오를 다듬기도 하고, 거울을 보면서 제스처와 발성, 악센트까지 혹독하게 연습하던 때가 기억났다.

결국은 좋은 ppt는 길지 않고, 핵심을 짚고, 드라마가 있는 것이다. 장황한 설명을 기다려 줄 인내심과 배려심 많은 고객은 없기 때문이다.

　게다가 아무리 그럴 듯한 훌륭한 설명을 하더라도 결정적 타이밍을 놓치면 아무 소용이 없다는 사실을 전철 안에서도 새삼 느끼게 되었다.

손목시계

손목시계의 묘미는 오토매틱 제품에 있다는 사실은 알고는 있지만 퀴츠 시계보다 훨씬 더 꼼꼼한 관리가 필요하다. 며칠 밥을 안 주면 멈추기도 하고, 조작에도 주의가 필요하다. 그리 따지면 수동에 가까운데 왜 자동이라고 부르는지 모르겠다.

그러다 보니 오토매틱 시계와는 별로 친하지 않다. 따라서 구입한 대부분의 시계는 퀴츠 방식을 사용하고 있다.

내세울 만한 명품은 없지만 그럭저럭 쓸 만한 브랜드의 시계들을 여러 개 구입해서 그날그날의 기분이나 목적에 맞게 선택해서 착용하고 집을 나선다.

오토매틱 기종은 딱 한 개 있고, 나머지는 퀴츠나 전자시계인데 모두 십여 개 되는 것 같다.

　아마도 딱 하나만 구입해서 오래 사용하고 싶다면 오토매틱 시계가 좋겠다는 생각은 든다.

　배터리를 교환할 필요도 없으니 장점도 있고, 쿼츠보다는 훨씬 인간미가 넘친다.

사랑

사랑병에 걸렸다.
깊은 불면증이 찾아왔다.
짧은 무의식에서 깨어나자마자
망각의 시간을 위로할 술과
짧은 기쁨의 환각 후에 얻는
우울함과 쓰라림의 깨달음은
나의 현실.

적막을 울리는 벨벳 언더그라운드의 노랫말처럼
가끔은 무척 행복하고, 때로는 무척 슬프지만
대부분은 나를 미치게 만들어 버리는 사랑.
(Velvet underground의 Pale blue eyes 中에서)

나쁜 남자

성룡이 자서전을 출간했다. 자기 자신을 쓰레기라 지칭하며 과거의 음주, 도박, 매춘 등의 경험에 대한 고백을 한다.

그런데 자서전이나 언론에 제대로 보도되지 않은 내용이 있다.

성룡은 연인관계로 지내던 대만 출신 가수 Teresa Teng(등려군)을 정치적 이유로 비정하게 버린 나쁜 남자다.

등려군은 중국 진출이 필생의 꿈이었지만 대만 지지 활동으로 인해 중국 정부로부터 대륙에서의 방송 금지 및 음반 판매 금지와 입국 거부로 보복을 당했고, 전성기가 조금 지난 시점에서 천식으로 급사함으로써 끝내 중국 진출의 꿈은 이루어지지 않았다.

반면 성룡은 연인을 버린 대가로 중국을 얻었다.

사랑을 버린 남자는 가장 나쁜 남자다.

Video killed the radio star

종편의 토론 프로그램을 보다가 공중파 TV로 채널을 돌렸더니 외화 프로그램을 한국어 더빙으로 방송 중이다. 그 느낌이 왠지 옛 친구를 만난 듯 반갑다.

오래 전엔 성우라는 직업이 각광받던 시절이 있었는데 지금은 더빙 방송 시청하기가 하늘의 별 따기다. 그 시절의 성우들은 지금은 모두 어디에 있을까.

라디오 전성 시대는 Video가 등장하면서 〈Video killed the radio star〉라는 노래처럼 한순간에 쇠락했고, 디지털 시대의 도래는 아날로그의 감성을 눌러 버렸다.

익숙했던 것들과 이별하면서 또 다른 새로운 것들과 만나고,

또 다시 이별하고 만나고를 되풀이하면서 시대는 변화를 거듭했지만, 불편함을 감수하면서도 사람의 손길을 더 많이 거쳐야만 했던 옛 시절의 감성에의 그리움은 더욱 깊어만 간다.

마무리는 확실히

홍콩 느와르의 전설 〈영웅본색2〉를 보다가 보면 가장 황당한 장면을 맞닥뜨리게 된다.(물론 그 당시엔 엄청 멋있다고 생각했다.) 킬러와 주윤발이 일대일 총격전을 벌이다가 주윤발이 절체절명의 위기에 처한다.

그런데 킬러가 자신의 총을 바닥으로 밀어 던져 주면서 마지막 승부를 벌인다. 상황은 대역전되고 킬러는 장렬한 최후를 맞는다.

원빈이 나오는 〈아저씨〉에서도 원빈과 용병 킬러와의 맞대결에서 유사한 장면이 나온다. 순전히 영화니까 가능하고, 영화니까 멋있는 장면이다.

죽느냐 사느냐의 결단의 순간에는 절대 머뭇거려서는 안 된다. 틈을 보이거나, 마음이 약해지거나, 가오를 잡으려 하다가는 골로 가기 십상이다.

섬을 걸었다

섬을 찾기 위해 인천으로 향했다
뭍에서 떠나보지 못한 이방인들
배 후미 하얀 포말을 쫓는 갈매기들
사람의 보폭보다 더 텅 빈 자전거길
잿빛 황량한 갯벌 위 길 잃은 작은 배
파도가 있는 해안 길은 부서진 마음의 자갈길

카페 앞 빼곡한 조형물들
마주친 새끼 고양이의 낯선 눈빛
바다 위를 지나는 비행기의 알 수 없는 목적지
그저 그렇게 걷기만 했다
신도, 시도, 모도, 이렇게 이어진 길
떠나간 사람의 마음은 이을 수 없는 길

빌 머레이Bill Murray

문득문득 느끼는 점이지만 미국식 유머는 아무래도 한국의 정
서랑은 조금 거리가 멀어 보인다. 그래서 그런지는 모르겠으나
미국 코미디는 한국에서 그다지 크게 인기를 누리지 못한다.

미국 코미디언 가운데 내가 가장 좋아하는 빌 머레이Bill
Murray가 출연한 〈Groundhog Day, 1993〉, 명화라고 하기는 좀
그렇지만 풀타임으로 예닐곱 번은 시청한 작품이다. 한국에서는
〈사랑의 블랙홀〉이라는 아주 촌스러운 제목으로 소개된 바 있다.

자신에게만 계속 되풀이되는 시간, 처음에는 이상하다 여겼다
가 아침마다 같은 알람 라디오와 같은 일상 속에서 절망을 느끼
고 자살까지 시도하지만 다음날 아침 또 같은 시각에 깨어난다.

결국 하루를 완벽한 사랑을 연출하며 사랑을 얻은 완벽한 남자로 거듭나면서 저주가 풀리게 되는 이 코미디 같은 코미디는 왠지 모를 감동을 주는데, 그 이유는 역시나 빌 머레이 특유의 능구렁이 같은 연기력 때문이 아닐까 싶다.

　　시간이 무한 되풀이되는 이런 장면은 그 후 몇몇 허리우드 영화에 의해 유사 기법으로 이용되기도 한다.

밤비

떠나기가 그리도 서운했나 보다

완고히 간직한 뜨거움

머뭇머뭇 주저하더니

이제사 갈 준비가 되었던 모양이다

그 서운한 마음 밤새 퍼부을 모양이다

한 송이 꿈

어느 날 문득
메마른 화분에
꽃 한 송이 피었지.

어디서 날아 왔을까.
작고,
하얗고,
당돌한 자태였지.

매일매일
조심스럽게
꿈을 키워 나갔지.

어느 날 문득
꽃은 보이질 않았지.
어디로 날아 갔을까.

꺾여 버린
한 송이 꿈이었네.

섹시 마일드Sexy mild

온라인에서 맥 라이언이 성형 중독으로 얼굴이 망가진 사진이 눈에 들어와 잠시 충격적인 감상을 하다가 곧바로 떠오른 게 '섹시 마일드' CF 사건이다.

레터맨 쇼에 출연하여 여배우의 근황을 묻는 진행자의 질문에 우스갯소리로 '동양의 어느 잘 모르는 나라에 가서 섹시하면서도 마일드한 이상한 이름의 샴푸 CF를 찍고 왔다'고 한 발언 때문에 한국인들의 분노를 일으킨 것이다.

그런데 레터맨쇼는 진행자나 출연자들이 자국 대통령을 까기도 하고, 미국인들 특유의 풍자와 조크가 있는 거침없고도 격식없는 콘셉트로 오랫동안 높은 시청률을 자랑하던 대표적인 토크 프로그램이다.

사실은 sexy mild라는 단어의 조합은 엉터리일 뿐더러, 섹시하면서도 마일드하다는 언어 뉘앙스가 영어 원어민들에게 이상하게 와 닿을 수밖에 없고, 명사도 아닌 두 가지 형용사를 연쇄적으로 접합시켜 상품 이름으로 사용한 자체도 문법적으로도 전혀 말이 안 되는 것이다.

미국 TV 프로그램의 성격이나 미국인 특유의 유머도 잘 이해하지 못하고 불필요한 애국심의 발동으로 끓는 냄비가 되어 버리는 한국인의 민족성이 보여 준 한 사례가 아닐까 싶다.

결국 맥 라이언은 한국에 정식으로 사과한다는 동영상까지 보내옴으로써 사태를 마무리 지었다.

현장을 두려워 말아야

예전에 다니던 기업에서 사업부문 본부장으로 있다 보니 부서의 이력서를 직접 챙겼고, 면접도 진행했다. 그런데 사업부문에 지원한다는 젊은 친구들 상당수가 내근직을 선호했다.

그렇다고 해서 내근에 대한 뚜렷한 자기 철학이나 비전을 가지고 있지도 않았다. 사업이라는 것이 책상에만 오래 앉아 있다고 해결되는 일일까?

돌이켜보니 직장생활 20년 동안 줄곧 출장이 빈번한 부서에 있었고, 신입 때는 맨땅에 박치기였는데 한 우물을 팠더니 부서장 위치까지는 올라가더라는 것을 경험했다.

지금은 퇴직해서 다른 일을 하고 있지만, 새로운 프로젝트나

콘텐츠에 대한 아이디어는 인터넷 검색만으로는 해결할 수 없다고 믿고 있다. 특히 변화의 속도를 따라잡기 힘든 현대 사회일수록 현장에 답이 있다는 것이 내 생각이다. 인터넷으로 검색한 정보들도 따지고 보면 누군가의 현장 경험의 축적 아니겠는가. 현장이야말로 지식과 경험의 축적의 장이다.

언제까지 살아야 할까

최근 다니고 있는 사무실의 책임자가 교체되고, 새로 발령받은 이와의 첫 업무 미팅 자리였다.

신임 책임자의 인사 말씀, 그리고 이 일에 대한 자신의 소회와 이곳 사무실에 대한 과거의 인연에 대한 말들이 죽 이어진 후 어찌어찌하다 보니 각자 몇 살까지 살고 싶으냐는 질문이 나왔고, 진행자가 좌석에 앉아 있는 팀원들 한 사람 한 사람에게 동일한 질문을 하고 이에 개별적으로 답변을 하는 시간으로 이어졌다.

어떤 이는 70세까지, 어떤 이는 80세, 심지어 90세까지는 살고 싶다고 대답한 이도 있었다. 나의 차례가 되어 답했다. 7, 8년 정도만 더 살고 싶다고 했다. 순간 실내 분위기가 냉랭해졌다. 진행자의 질문 의도는 분명 그게 아니었을 텐데. 아무튼 그랬다. 그게

내 솔직한 답변이었다.

　지금까지 살아오면서 몇 살까지 살고 싶다는 생각이나, 상상, 소망을 가져 본 적은 없다. 내게는 삶을 길게 늘려야 하는지에 대한 어떤 이유와 욕심, 목표의식이 없다. 삶의 길이를 내 맘대로 할 수 있는 것도 아니다. 그저 덜 늙고, 덜 민망할 때까지만.

간판에 책임을 지자

십 수 년 전에 신촌 인근에서 지인을 만나 어느 재즈카페에 들어간 적이 있다.

그냥 대화하고 차 한 잔 하기에는 나쁘지 않은 곳이었으나 재즈를 들으러 갈 목적으로는 그다지 적합치는 않은 곳이었다.

그 시기 전후로 들러 봤던 몇몇 음악카페들 중 일부도 간판과는 동떨어진 곳이 있었다.

L.P Bar 라고 해서 들어가 보면 MP3로 재생을 하고 있다거나, 비틀스 카페라고 해서 들어가 보면 막상 비틀스의 향기를 찾기가 쉽지 않은 그런 경우가 되겠다.

좀 더 심하게는 과거 유행하던 록카페에 록은 없고 춤을 추는 곳이었듯, 한 때의 트랜드로 사용되다가 소멸된 경우도 있었다.

맛집 간판이라고 붙여 놓은 곳에 들어갔다가 실망한 적이 있는 반면, 맛집이라 써놓지 않은 외진 곳에 위치한 식당인데도 꾸준히 손님들이 찾아오는 진정한 맛집도 많이 있다.

어쨌든 요즘은 일부러 간판 때문에 낯선 곳을 실험 삼아 선택하는 경우는 거의 없다.

간판을 달았으면 최소한 흉내는 내는 가게가 되었으면 좋겠다. 경양식 레스토랑 간판을 달아 놓고 된장찌개를 끓이고 있어서야 되겠는가. 정당들도 마찬가지로 말로만 진보나 보수를 내세워서는 안 된다.

오만한 외제차

일을 마치고 주차장에서 잠시 쉬고 있는데 우측으로 어떤 차가 주차를 하더니 젊은 아주머니가 앞문을 열면서 조수석 문짝을 소리 내서 툭 치고 간다. 쳐다보지도 않고 아무런 미안한 기색이나 의식조차 없이 가기에 나가 봤더니 흠집은 없는데도 기분이 몹시도 불쾌했다.

그런데 상대방 차량을 보니 BMW였다.

만일 반대로 내가 문을 그런 식으로 열다가 외제차를 툭 쳤으면 어떻게 됐을까.

어떤 지인은 외제차량 옆으로 스치듯 지나갔는데 아무런 흠집조차 없는데도 불구하고 상대방 운전자가 긁혔다면서 심하게 협박을 하기에 현금 백만 원에 합의한 적이 있었다고 한다.

실제 도로에서 운전을 하고 다니다 보면 깜빡이를 켜지 않고 급히 차선을 변경하거나, 불필요하게 뒤에서 빵빵 경적을 울려대는 외제차를 많이 목격하게 된다.

　　없이 살아온 나라라서 그런 것인지는 모르겠다.
　　뭐 그리 대단하다고.
　　한국은 외제차가 권력인 나라인 것 같다.

짐 모리슨

영국 시인 윌리엄 블레이크(1757~1857)의 시구詩句 '지각知覺의 문이 깨끗이 닦이면 / 모든 것이 무한히 드러나리라'에서 인용하여 밴드이름을 정한 'The Doors'.

1960년대 말, 활화산 같은 록 음악으로 젊은이들의 우상으로 군림하였으나 밴드의 핵심 짐 모리슨은 프랑스 파리에서 약물 과다 복용과 극심한 알코올 중독으로 인해 사망했다. 그의 나이 겨우 28세였다. 그래서 그의 젊음은 영원히 멈추어 있다.

도어스의 곡 중에서 〈Indian Summer〉는 초겨울에 한동안 비가 오지 않고 날씨가 따스한 기간을 말한다. 잔잔하게 파고드는 기타 소리와 반항아 짐 모리슨의 낮은 목소리는 그의 인생에 있어서 〈Indian Summer〉가 그리 길지 않음을 예감하며 불러주는 듯하다.

새장 속 새 두 마리

새장 속 두 마리 작은 새들을 본다.
암컷 수컷, 각각 한 마리씩이다.

원래부터가 두 마리 만 있었던 것은 아니다.
수컷 두 마리, 암컷 한 마리, 모두 세 마리가 있었다.

한 마리 수컷은 병이 들어서 죽고
지금의 암컷, 수컷 한 마리씩 두 마리만 살아남았다.

두 마리 새들은 평범해 보이지만
평범하지 않은 둘 만의 비밀이 있는 듯하다.
가끔씩 특이한 방식으로 애정 표현도 한다.

한 가지 불행하다면 둘은 날지 못하는 새들이다.

새장 속에서는 둘 다 세상을 다 가진 듯 보인다.

하지만 새장 밖을 나설 순 없다.

날 수도 없다.

작은 외부의 관심에도 놀라고 경계한다.

두 마리 작은 새들은 그 둘 만의 세상 안에서 세상을 바라보다가

가끔씩 새장 밖을 경계하면서 세상 밖을 바라본다.

나도 내 세상 안에서 둘의 세상 속을 들여다보고 있다.

　내가 세상 안에 있는 건지, 아니면 세상 밖에 있는 건지 나도

잘 모르겠다.

곤충과 미래 식량

디스커버리 해외 다큐멘터리 프로그램을 보면 베어 그릴스 Bear Grylls(영국의 탐험가, 모험가, 에세이스트)가 오지에서 전갈이나 거미, 메뚜기 등을 잡아서 먹는 장면을 보게 된다. 생존을 위해서 먹는 처절한 장면이다.

그런데 요즘 미래식량에 대한 기사가 간헐적으로 보도되면서 예전과 다르게 곤충 식량에 대해서 많은 관심을 가지고 지켜보고 있다. 최근 바삭하게 구운 식용 곤충을 먹어 볼 기회가 있었다. 소위 거저리 유충이라고 불리는 밀웜이었는데 곤충농장을 운영하는 지인이 보내줘서 경험을 하게 되었다.

처음 본 그 비주얼은 좀 끔찍스러웠는데 눈을 감고 먹어 보니 고소한 게 맛이 괜찮았다. 잘게 부숴서 라면이나 찌개에 넣어도

되고, 간식이나 술안주로 먹어도 좋다고 한다. 칼슘, 단백질, 미네랄 함량이 많아서 건강에도 도움이 된다고 한다.

현재 국내에서는 일부 레스토랑에서 고급 메뉴 식재료로 쓰면서 언론에 차츰차츰 보도 횟수가 늘고 있는 걸 볼 수 있다.

한국에서의 성공은 미지수이지만 '미래는 이미 와 있다'는 생각이 드는 건 확실하다.

프레디 머큐리 열풍

영화 〈보헤미안 랩소디〉가 한국에서 공전의 히트를 기록했다. 그러다 보니 퀸Queen의 리드보컬인 프레디 머큐리에 대한 관심 또한 대단했다.

개인적으로 퀸의 음악은 중학생 때부터 들었다.

친구네 집에 놀러갔다가 친구 형이 퀸을 좋아해서 카세트테이프로 틀어 준 것이 계기가 되었다. 프레디 머큐리는 나이 50이 되기도 전에 사망했으나, 동성애로 인한 에이즈로 죽음을 맞았으니 사고사라기보다는 본인도 몰랐던 선택적 죽음일지도 모르겠다.

록앤롤의 제왕 엘비스 프레슬리도 나이 50이 되기 전에 사망했으나 사실 그의 말년의 모습은 청년 시절의 그 멋지고 핸섬한 모습과는 거리가 멀다. 마약과 폭음, 고칼로리 폭식으로 인한 비만으로 얼굴 윤곽을 알아보기 힘들 정도로 부풀어 오른 충격적인 모습이었으니 자기통제력 상실로 인한 단명인 셈이다.

비틀즈의 존 레논은 한동안 음악에 거리를 두고 아들 키우는 재미에 푹 빠져 살고 있다가 재기 음반을 내놓고 차트 급상승 상태에서 광팬의 총탄에 숨졌다.
그의 나이 40세.

그 누구도 쓰러뜨릴 수 없을 것 같은 강철 같은 몸을 가진 브루스 리(이소룡)는 뇌부종으로 고작 33세에 세상과 이별했다.

위의 네 인물들은 한때 탐닉할 정도로 좋아했던 사람들.
조금 더 오래 살았더라면 좋았을 텐데.
특히나 브루스 리나 존 레논은 하늘이 너무 일찍 데려갔다.

정치판의 객기

복싱 경기를 보다 보면 상대방의 펀치를 맞은 쪽이 되려 데미지를 감추기 위해 턱을 앞으로 내밀면서 더 쳐 보라는 식으로 객기를 부리는 장면을 종종 목격한다.

그러다 후반에 가서 데미지가 누적되거나 결정타를 맞고는 결국은 캔버스에 큰 대 자로 누워 버리고 만다.

정치판에도 꼭 그런 인물들이 있다.
뻔한 거짓말들을 잔뜩 늘어놓는가 하면, 인지도 타령에 특검을 해 보라는 등 맘껏 대중들을 조롱하는 만용이 거침없다. 보라는 듯 활짝 웃는 표정연기까지 연출하기도 한다. 반성은커녕 오히려 영웅의 모습이다. 도무지 죄책감이 없는 사람들처럼 보인다.

하지만 그들의 자신감은 상당한 내상을 감추기 위한 위장술로 보인다.

데미지가 잔뜩 누적되어 가는 복싱 선수처럼 말이다.

배후 세력들을 너무 과신하지 말았으면 한다.

그러다 한방에 훅 가는 수가 있다.

퍼스트 클래스 승객은 펜을 빌리지 않는다.

『퍼스트 클래스 승객은 펜을 빌리지 않는다』는 책이 있다.

승무원이 입국 서류를 나눠줄 때 퍼스트 클래스 승객은 절대로 필기구를 빌리지 않는 반면, 일반 승객 다수는 필기구를 빌려 달라고 한다는데 승무원이 쓴 책이니까 그럴 수도 있겠다는 생각이 들었다.

기내에서의 필기구 지참이 반드시 성공과 직결시킬 순 없으나, 항상 메모할 준비가 되어 있다는 것은 그만큼 자기 관리에 철저하다는 뜻일 게다.

나의 경험상 어떤 실내 집체교육을 진행하는데도 필기구를 지참하지 않은 참석자들을 꽤 많이 보아 왔다. 이론 교육을 받으러 오면서 필기구와 노트를 가져오지 않는다는 것은 그만큼 마음의 준비가 덜 되어 있다는 뜻이다.

　나는 메모광에 가깝다. 잠을 잘 때도 머리맡에 늘 펜과 빈 종이가 놓여 있고, 외출할 때도, 사람을 만나러 갈 때도, 심지어 등산을 갈 때도 펜과 수첩을 지참한다. 그런데도 단 한 번도 퍼스트 클래스에 앉아 본 경험이 없다.

　성공한 사람들이 필기구를 항상 가지고 다니는지는 모르겠으나 필기구를 항상 가지고 다닌다고 해서 반드시 성공하는 것은 아닌 것 같다.

교육 기득권을 질타한 강력한 영상물
〈The Wall〉

20여 년 전에 앨런 파커 감독의 〈The Wal〉을 해외에서 비디오 테이프로 구입해서 보게 되었는데, 영화보다는 록밴드 핑크 플로이드Pink Floyd의 두 장짜리 음반을 먼저 듣고 나서 접하게 된 영상물이었다.

전쟁으로 아버지를 잃은 주인공 Pink는 어머니의 과잉보호로 인한 마더 콤플렉스, 전쟁에 대한 공포로 인해 심한 자폐증을 앓으면서 또 다른 벽 속에 자신의 자아를 완벽하게 감금시키게 된다(Another brick in the wall).

영화 전반적으로 암울한 분위기 속에서 참혹한 전쟁과 낙태, 자기학대, 가정의 파괴, 교육 문제, 그리고 위선적인 정치 등에 대한 메시지는 애니메이션과 실사가 크로스된 충격적인 영상들로 묘사된다.

가장 기억에 남는 장면이 있다면 소시지 공장의 컨테이너 위에 실려진 남녀 학생들이 단체로 기계 안으로 떨어지면서 소시지로 뽑혀 나오는 장면이다. 혐오스런 장면일 수 있으나 Pink Floyd의 명곡이 깔리면서 교육의 획일성을 집단 인격의 추락으로 묘사한 잊을 수 없는 장면이다.

"We don't need no education, we don't need no thought control"

친환경의 함정

전국 각 지역의 하천에 시공했거나, 지금도 시공 중에 있는 '식생옹벽블럭'을 두고 친자연, 친환경 호안블록이라고 한다. 친환경이라는 이름을 붙인 연유를 살펴보면 블록에 흙을 담는 공간을 조금씩 확보해서 식물들이 자랄 수 있게 한 것 때문인데, 자세히 살펴보면 반자연적 시공이라고 볼 수 있다.

수달은커녕, 족제비 같은 작은 포유동물이나 양서, 파충류 등 하천을 끼고 살아가는 다양한 생물들이 서식할 수 있는 공간이라곤 거의 찾아보기 힘들게 되었다. 하상과 맞닿는 곳엔 담수어류를 비롯한 갑각류들이 살 수 있는 조건마저도 완전히 차단해 버린 상태다. 우리의 강과 하천이 자연 그대로의 모습을 회복할 수 있을까.

게다가 해안과 강, 하천, 호소 등에서 어업에 대량으로 사용되고 있는 통발로 인해 보호종인 수달이 희생되고 있는 장면이 목격된다. 통발의 구조는 수달이 쉽게 들어갈 수는 있으나 빠져 나오지는 못해서 질식사할 수밖에 없으며, 현재에도 전국 곳곳에서 생후 6개월 안팎의 어린 수달의 피해가 속출하고 있을 것으로 추정된다.

　정부는 이 같은 사례가 되풀이되지 않도록, 통발 입구에 수달의 이빨에 절단되지 않고 부식에 강한 강철을 +자형으로 간단히 설치함으로써 어획량에 영향이 거의 없는 개량형 통발만 허용하는 수산자원관리법을 하루빨리 개정하여야 할 것이다.

몹시도 그대가 그리운 날엔

몹시도 그대가 그리운 날엔
하늘 위에 그대의 얼굴을 그려 봅니다.

몹시도 그대가 그리운 날엔
걷고, 또 걸으며 외로움을 털어 봅니다.

몹시도 그대가 그리운 날엔
눈을 감고 함께 나눈 말들을 떠올려 봅니다.

몹시도 그대가 그리운 날엔
전화기에 남겨진 그대의 메시지를 읽고,
또 읽어 봅니다.

몹시도 그대가 그리운 날엔
가장 큰 볼륨으로 음악을 켜 봅니다.
가장 시끄러운 음악일 때도 있고,
가장 슬픈 음악일 때도 있습니다.

몹시도 그대가 그리운 날엔
작고 투명한 잔에 술을 담아 봅니다.

몹시도 그대가 그리운 날엔
걸려오는 전화들이 다 그대의 전화라면 좋겠다고 상상합니다.

몹시도 그대가 그리운 날엔
이렇게 된 나를 원망합니다.
그리움이 커질수록 외로움은 더합니다.
보고 싶은 마음이 커질수록 아픔도 커집니다.
당장이라도 전화하고,
당장이라도 달려가고 싶지만
그대는 너무 멀리 있습니다.

무인점포의 시대

오랜만에 패스트푸드 점에 갔더니 셀프로 주문하고 결제하는 기계 두 대가 눈에 들어왔다. 서너 명이 일하던 주문대에는 두 명의 종업원만 열심히 일을 하고 있었다. 이 업체가 언제부터 셀프 오더 기기를 들여놓았는지는 알 수 없다.

이곳뿐 아니라 사람이 있던 자리에 기계가 대신하는 업종들이 점차 늘어나고 있다는 점에 주목한다. 아예 사람이 필요 없는 24시간 무인점포들도 생겨났다. 물론 이 추세는 현재의 정부가 들어서기 훨씬 이전부터 시작되었다. 이미 해외에는 노동자들 대신 기계들로 채워진 생산라인을 갖춘 공장들도 많이 있다. 업체 입장에서는 생산성을 높이면서도 인건비를 절감할 수 있는 생산체제의 변환점을 마련한 셈이다.

모든 업종에서 기계가 사람을 대체하기는 힘들 것이다.

범람하는 디지털의 시대에서도 아날로그의 따뜻함을 찾아다니는 수요도 많이 있기 때문이다. 컴퓨터나 기계의 능력 그 이상의 창조력을 발휘할 수 있는 존재는 위대한 사람의 몫이기에.

다만 최근 한국 정부의 근시안적인 시급의 급격한 인상 정책 덕분에 사회 전반적으로 고용의 질이 높아지기보다 점점 더 많은 기계들이 사람의 자리를 대신하고, 구직자들과 실직자들이 더 넘쳐나고 있다는 사실이 매우 안타깝다.

도깨비

　내 나이 일곱 살, 미술학원을 다닐 때의 일이다.

　당시에는 지금과 같은 보습학원 대신에 미술 학원, 피아노 학원, 주산 학원 등이 주류를 이루었고, 나머지 수학이나 영어의 경우 과외 교사의 가정집에 학생들이 방문해서 공부하는 공부방 형태가 많았다.

　어릴 적부터 주산이나 수학, 미술은 영 취미가 없었고, 그 대신 음악이나 영어는 소질이 있었다. 지금 생각하면 가장 아쉬운 게 피아노다. 피아노를 좀 더 제대로 배우지 못한 아쉬움이 크다. 아마도 어머니는 미술이나 음악은 정서 차원에서 조금씩 맛보기로만 배우게 하셨던 것 같다.

　미술에 취미가 붙지 않았던 이유는 원래가 그림 그리기를 별로 좋아하지 않았을 뿐더러, 미술 학원에 등록해서 다니면서는 더더욱 흥미를 붙이지 못했던 때문이다. 우선 당시 미술학원에는 내 또래의 아이들이 눈에 보이지를 않았고, 어른들(아마도 미대 지망생들)과 섞여서 그림을 그려야만 했다.

무미건조한 눈으로 석고상을 바라보면서 연필로 그림을 그리던 큰 누나, 큰 형들 외에는 기억나는 사람들이 없다. 학원에 흘러나오던 음악은 매일 똑같은 유행 가요들이었고, 그런 음악들이 어린아이의 귀에 감길 리도 없었다.

학원장님은 미술계에서도 꽤 알려진 유명한 선생님이었는데도 내가 학원에 도착하면 이래라 저래라 뭘 가르칠 생각은 없이 항상 '네 마음대로 그리고 싶은 걸 그려라'고 주문하셨다. 그래서 그린 것이 괴물이었는데 선생님은 그걸 보시고는 '그림 그리라고 했더니 도깨비를 그렸구먼' 하면서 껄껄껄 웃으셨다.

그 이후로 나의 별명은 도깨비가 되었다. 선생님이 어머니랑 전화 통화를 하면서도 도깨비 이야기는 빠뜨리지 않았고, 그날 이후로 내 얼굴만 보면 도깨비라고 부르셨다. 기억을 더듬어보면 딱히 괴물들만 그렸던 것은 아니다.

미술학원에 있던 꽃도 그리고, 과일(모과였던 듯)도 그리고는 했

있는데 기억에 남을만한 피드백을 해주시진 않았던 것 같다. 머지않아 학원을 그만 두었고, 어느 날 선생님이 길에서 어머니와 마주쳤는데 하시는 말씀이 요즘 도깨비 잘 지내냐고 물어보시더라고.

성인이 될 때까지도 그림 그리기에 대한 흥미는 영영 찾을 길이 없었다.

금연

8년 전 여름, 광주에 출장을 갈 일이 있어 서울에서 직장 상사를 태우고 내려가는데, 옆 좌석에 앉아서는 시종일관 전자담배를 물고서 모락모락 연기를 피우는 것이었다. 영 기분이 좋지 않아서 "연기, 그거 괜찮은 겁니까?"라고 물었더니 인체에 전혀 무해하다며 전자담배를 입에 침이 마르도록 자랑을 하는 것이었다.

나는 상당히 불쾌했지만 차마 화를 낼 수는 없었다. 진짜 담배는 아니었지만 회사 차량도 아니고 남의 차에 타서는 줄곧 연기를 피우는 모습도 못마땅했고, 인체에 무해하다는 말에 전혀 동의하기가 힘들었다. 의식을 해서 그런지는 모르겠으나 한 시간 정도 지나니 머리가 좀 띵해지면서 목도 좀 칼칼해지는 느낌이 들었다.

어렸을 적 호기심으로 나무젓가락에 불을 붙여 담배 피는 흉내를 낸 기억도 있고, 신문지를 궐련처럼 돌돌 말아서 한 모금 땡겨본 기억도 있다. 그러다가 나중에 진짜 담배를 배워 십여 년을 하루 평균 한 갑 반 이상을 피웠다.

애연가였던 내가 담배를 끊은 지도 10년이 되었다. 술은 체질에 맞지 않아서 마시지를 않는다. 만나는 사람들마다 술 담배를 잘할 것 같은데 이상하다며 조금씩 놀라는 표정들이다.

담배를 끊을 때 금연 패치나 전자담배 등을 사용해 본 적이 없이 목캔디만으로 완전한 금연에 성공했다. 흡연 횟수를 줄이는 건 전혀 도움이 되질 않았다. 신경 쓸 일이 생기거나, 화가 나거나, 사람들을 만나게 되면 담배가 저절로 늘었기 때문이다. 그래서 거의 한 달 동안은 목캔디를 하루 온종일 입에 물고 다녔다. 그렇게 한 달이 지나니 담배 생각이 사라졌다.

8년 전의 그 때 그 분도 그랬었지만 전자담배를 맹신하면서도 진짜 담배까지 곁들여 피우는 이들이 주변에도 보인다. 그러지들 마시라. 담배를 끊고 싶다면 줄이거나 전자담배에 의존하지 말고 패치 등의 금연보조제 등을 이용해서 완전히 끊는 방법을 권하고 싶다. 무엇보다 의지가 가장 중요하다.

추억의 그룹 징기스칸

어렸을 적, 징기스칸이라는 그룹이 있었다.

그때는 아마도 음악이 귀했던 시절이었던 것 같다. 딱히 당시에 음악을 선별해서 들을 나이도 아니었고, 청소년기를 지나 성인이 되어서도 별로 찾은 기억이 없는 음악이자 그룹이었다.

그런데 무슨 연유인지는 모르겠다. 얼마 전 느닷없이 징기스칸이라는 그룹이 생각났다. 아마 역사적 인물을 생각하다가 갑자기 떠올리게 된 것 같다.

유럽과 국내에도 그들의 알려진 음악들이 꽤 있다. 〈징기스칸〉, 〈로마〉, 〈모스크바〉 등등. 특이하게도 곡들 대부분이 전세계 유명 지명이나 역사적 인물들을 소재로 해서 불렀고, 최초 그룹 결성 시 네 명의 남성과 두 명의 여성으로 이루어져 있어서 절묘한 화음에 어우러진 다이내믹한 멜로디 라인은 그들의 음악이 크게는 디스코로 분류되기는 하지만, 가벼운 댄스뮤직으로 묻혀 버리기엔 너무나도 서사적이고 웅장한 곡들이 많다.

오래 전, 기억도 나지 않는 어느 해에 국내에서 공연도 한 것같다. 그런데 당시 너무너무 보수적인 대한민국의 심의를 통과하지 못해서 국내 금지곡 처분을 받은 주요 히트 곡들이 있다 보니 (최대 히트 곡인 징기스칸, 그리고 모스크바, 사무라이 등등) 다소 맥 빠진 공연이 아니었을지.

아무튼 딱히 찾아서 듣던 음악도 아니고, 그러다 보니 그 흔한 뮤직비디오나 공연 영상물조차 찾아서 본 기억조차 없는 그룹이었는데. 갑자기 화악 끌려서 징기스칸의 몇몇 음악들을 찾아가며 몰입하고야 말았다.

〈Moskau〉는 네댓 번을 몰입해서 감상했는데도 그 후련한 감흥이 그대로 남았다. 유튜브를 검색해서 몇몇 주요 히트 곡들의 영상물을 검색해서 시청하면서 빠져들고 만 나를 발견하였다. 지금 보면 참 어색하고도 모자라기까지 한 영상물이고 액션들이지만, 그런 완성도를 떠나서 지금으로부터 30년이 훨씬 넘은 1979년에서 1980년대의 영상물을 보면서 나의 아련한 추억거리들을 되새김질하고 있었던 것은 아닐까.

고객만족

　서비스업은 매일매일 고객들을 응대하면서 불만발생을 최소화
시켜야 하는 일을 반복적으로 해야 하다 보니 하루하루가 고객만
족을 위한 전쟁터와도 같다. 따라서 회사로부터의 직원에 대한
고객만족에 대한 서비스 품질 강화 압박도 어마어마하다. 고객
서비스 만족 외에는 지금의 척박한 시장 상황에서 살아남을 수
없다고 판단하는 모양이다.

　스스로의 서비스에는 전혀 문제가 없다고 생각하지만 자신의
웃음과 미소가 상대방에게는 모욕으로, 혹은 자신의 만족이 상대
방에게는 교만으로 비쳐질 때도 있는 것 같다. 완벽하지 못한 세
상에서, 수많은 불완전한 인간 군상들로부터 '매우 만족합니다'
를 평가받는다는 것은 말처럼 쉬운 일은 아니다.

나의 경우에는 보험이나 상담 서비스 등을 받은 후 문자로 날아오는 고객만족도 조사에는 항상 〈매우 만족〉으로 답변해 주고는 한다. 아주 가끔 불만 사항이 생겨서 먼저 상담을 요청하는 경우에도 회사 자체의 업무량이 과다하거나, 사소한 오해에서 발생한 것이 대부분이었기 때문에 감정적으로 담당 직원을 먼저 혼을 낸 적은 없다. 상대방에 대한 평가를 야박하게 하면 할수록 불편함도 함께 수반되기 때문이다.

　아무튼, 회사마다의 전체적인 분위기나 이미지는 분명히 차이가 있어 보인다. 어디는 제품보다도 사후 서비스가 좋아서 계속 구매를 한다는 식이다. 나 역시도 가전제품이나 보험사는 상품 자체보다 사후 서비스의 만족도에 의해 선택을 하게 된다.

　어차피 제품이 다 거기서 거기라면 차별화는 결국 서비스를 제공하는 사람의 자세에 달려 있는 것 같다.

카지노

친구들과 자동차로 미국 서부와 중부를 횡단한 적이 있다.

샌프란시스코를 출발하여 아름다운 미국 서부 해안 길과 'Route 66' 도로를 경유하여 중부 네바다 주에 있는 리노까지 갔다가 다시 돌아오는 여정이었다.

서부 해안 길과 해변도 무척 아름다웠지만, 해가 떨어지고 난 뒤 어디가 끝인지 가늠하기 힘든 깜깜한 일직선 고속도로와 길 양쪽 멀리서 반짝이는 불빛들의 광경은 너무나도 아름다웠다.

네바다 주에 자리하고 있는 라스베가스와 리노, 밀집 지역 이외 인근 지역에서부터 벌써 현란한 카지노 네온사인들이 관광객들을 유혹했다. 네바다 주의 도박장들은 전문 도박꾼뿐만 아니라 소일거리를 찾아온 어르신들과 해외 관광객들로 발 디딜 틈이 없다. 신분증만 있으면 출입이 그다지 어렵지 않다.

막상 라스베가스에 도착했지만 할 줄 아는 게 아무 것도 없었다. 도박에는 전혀 흥미를 느끼지 못했고, 재미삼아 친목 도모로 하는 차원조차도 관심이 없었다. 지금도 고스톱이나 카드 게임은 하지도 않고, 할 줄도 모른다. 어렸을 때부터 성격적으로 흥미가 없는 것에 억지로 흥미를 붙여 본 적이 없었고, 지금도 마찬가지이다. 〈007 카지노 로얄〉에 나오는 도박꾼들의 멋들어진 모습은 나와는 전혀 별개의 세상이다.

나는 노인들 사이에서 코인을 넣고 레버를 당기는 슬롯머신에만 집중하고 있었다. 미국의 슬롯머신은 돈에 집착하는 살벌한 분위기의 게임은 아니었다. 따도 그만, 잃어도 그만, 그저 세월을 낚기 위해 앉아 있는 노인들이 대다수였다. 그런데, 막상 게임을 하다 보니 계속 잃기만 했다. 학생 신분이던 때라 노인들과 같은 마음일 수는 없었다. 적정선에서 중단하고 다시 길을 떠났다.

리노에 도착하여 그 곳 모텔에 방을 빌린 후 밖으로 나가서 카지노로 향했다. 배가 고파서 카지노 식당에서 사먹은 스테이크는 크기가 어마어마하게 컸으나 가격은 고작 4,000원 수준이었다. 서비스 차원에서 저렴한 가격으로 책정한 듯하다.

리노의 슬롯머신도 계속 나의 돈을 삼켰다. 여행 경비를 걱정하지 않을 수 없었다. 이제 이번이 정말 마지막이라 생각하고 마지막 베팅을 했다. 그런데 그 다음 거짓말 같은 일이 벌어졌다. 큰 게 걸리면서 화면의 불빛이 번쩍번쩍거렸다. 돈통을 챙겨 와서는 돈을 받아내는 데 적어도 5분 정도는 돈이 쏟아져 나왔다. 그 5분 동안은 정말 머릿속에 아무 생각이 없었다.

그 이후로는 지금까지 한 번도 도박 게임을 할 기회도 없었고, 할 생각도 없었다. 나는 돈 놓고 돈 먹는 게임에는 흥미를 느끼지 못한다.

접촉 사고

   근래들어 업무상 운전을 많이 해야 하다 보니 접촉 사고의 빈도가 높아졌다. 예전 다른 일을 하던 시절에는 장거리 출장을 자주 다녔어도 접촉 사고를 낸 적이 단 한 번도 없었다. 그런데 일년 반 사이에 접촉 사고를 세 번이나 냈다. 그 중 두 번이 상대방의 과실로 인한 접촉 사고였다. 주로 좁은 공간에서 일어난 사고였다.

   얼마 전에도 신호 대기 중인 상태에서 뒤에서 차가 와서 충돌하여 범퍼가 찢어진 일이 있다. 보험처리를 하자고 했더니 상대방은 도리어 이만 한 일로 무슨 보험처리냐면서 화를 내고, 살짝 부딪힌 정도인데 범퍼가 그렇게 찢어질 리가 없다, 지금 찢어진 게 맞느냐면서 기가 막힌다는 등 막말을 쏟아냈다. 보험은 필요 없으니 경찰을 불러 달란다. 보험사 직원이 출동한 상태에서도 말이 통하지 않자, 출동한 경찰과 상대방에게 블랙박스에 녹화된 영상을 보여 주었다. 차량이 크게 흔들리고, 운전자의 입에서 '억' 하는 소리가 날 정도로 충격이 있었다. 그제서야 수긍을 하고 보험처리를 하기로 했다.

보험 접수를 하고 나서 차를 맡기기 위해 집 근처로 차를 주행하는 동안 잠시 생각에 잠겼다. 내가 오늘 운전을 하지 않았거나 이 길로 오지 않았더라면, 혹은 다른 시간에 왔더라면 이런 일이 생겼을까 하는.

사람의 감정도 마찬가지인 것 같다. 감정의 마찰이 생겼을 때 사람들은 모두 자기의 입장에서만 생각하고 말한다. 사람끼리도 감정의 접촉사고가 자주 일어나고, 그로 인해 사람의 마음이 다친다. 상처를 준 쪽은 상대에게 그저 우연일 뿐이고 오해일 뿐이라는 말을 던지려 할 것이다. 하지만 똑같은 우연이 반복된다면 그것은 우연이 아닌 것이고, 똑같은 농담이 반복된다면 그것은 농담이 아닐 것이다.

반복적인 우연과 농담으로 인해 마음을 다치는 이가 있다면, 혹은 반복적인 우연과 농담을 지켜보면서 마음에 생채기를 남기는 이가 있다면.

신규 상담

과거 신규 계약 상담을 하다 보면 기피 유형이 있는데 상담 장소를 사업장이 아닌 제3의 장소인 커피숍에서 만나자고 하거나, 본인 외에 다른 제3자를 대동하는 경우이다.

성탄절까지 모처럼 4일간의 휴가를 얻게 된 어느 날 갑자기 기존 고객의 소개로 상담 희망자를 만나게 되었다. 한 시간 반이 걸려 사업장이 아닌 미리 물색한 커피숍을 먼저 찾아가서 설명할 자료들을 펼쳐 놓고 이런 저런 리허설을 혼자서 해 보기도 했다.

그런데 경험상 이런 유형의 상담은 성사시킨 기억이 거의 없다. 가장 중요한 것은 당사자의 판단력과 의지력인데, 결정을 자기 사업과 전혀 무관한 타인의 생각을 통해서 판단하기 때문에, 게다가 참관인이라는 사람들 대부분이 앞에서는 질문조차 하지 않고 있다가 뒤에 가서는 온갖 아는 척을 하면서 비평을 늘어놓는 경우가 대부분이다.

계약 성사율이 희박할 뿐더러 성사되더라도 성공 확률이 턱없이 낮다. 자신의 사업장을 공개하지 않는 자체도 문제가 있다. 제대로 된 현장 분석과 상담을 받을 수도 없다. 고급 브랜드 커피숍에 모시고 커피 값도 지불하고 90분 동안 입에 침이 마르도록 설명하고, 최고의 조건을 제시했지만 계약에 실패했다.

덕분에 그날 하루가 그냥 지나갔다.

잘 하는 사람들은 어떤 것을 선택하더라도 대부분 다 잘한다.

응용력도 뛰어나다.

그런데 작은 것에 주저하고, 따지고, 머뭇거리고, 걱정하고, 머릿속이 복잡한 사람들은 어떤 것을 선택해도 실패할 확률이 높다. 경험상 그렇다.

고용주의 갑질

경기가 나빠지고 회사의 매출이 떨어지고 있음에도 새로운 아이템 개발에 재투자하지 않고 과거 잘 나가던 시절을 마치 오늘인 양 착각하며, 기존의 것을 되는 대로 유지하고, 처해진 범위 내에서 최대한 직원들을 쥐어짜서 매출을 올리려는 기업들이 꽤 많다.

그러면서 오로지 사내 교육에만 치중하곤 한다.

그런데 문제는 여기서 끝나는 것이 아니라, 떨어진 매출을 만회하기 위해서 회사의 지출을 줄이는 데 가장 먼저 생각하는 방법이 직원들의 정리 해고다. 회사가 어려우면 회사도 함께 허리띠를 졸라매는 공동체 의식이 실종된 기업가들이 적지 않다.

그래서 사람들의 기억 속에는 굴지의 대기업을 성장시키면서도 구두 한 켤레로 30년 굽갈이 하면서 고쳐서 신던 모 대기업의

왕회장과 같은 모습이 오랫동안 잊히지 않는 이유다.

그릇된 기업가는 회사 사정이 나빠져도 자신의 씀씀이를 줄이지 않는다. 타고 다니는 외제차, 잡다한 품위 유지비를 줄이지 않고, 심지어 퇴근 후, 주말, 휴일에도 가족들과 외식하거나 마트에서 장보는 것도 법인카드로 긁는 오너들을 많이 봤다.

그러면서 직원들이 올리는 지출결의서에 결재 도장 찍어주는 일에는 인색하기 짝이 없다.

기존의 시스템을 바꾼다는 것은 직원들의 노력도 있어야 하지만 궁극적으로 오너가 결정하는 것인데, 얼마나 오너의 생각이 탄력적이냐에 달려 있는 문제다.

오너의 영역을 마치 신적인 불가침의 영역쯤으로 내세우면서, 속된 말로 까라면 까라는 식의 독재적 권위주의는 아직까지 주위에서 쉽게 볼 수 있는 풍경이다.

결국 회사 사정이 나빠지고 근로자가 해고 통지를 받더라도 딱히 그 냉혹한 현실을 뒤집을 수 있는 길은 없다. 슈퍼갑의 결정 앞에서 힘없는 을이 사태를 번복시킬 힘은 없기 때문이다.

고향집

몇 년 전 여름휴가를 고향집을 찾는 것으로 대신했다. 오래전에 부모님께서 동두천에서 이사 와서 사시다가 두 차례 더 이사한 후에 살던 마지막 한옥을 허물고 세워 올린 곳이다.

이곳에서 유년시절을 함께했다. 일 층엔 아버지의 개인 병원이 있었고 뒤편으로는 뜰이 있었다. 크지 않은 작은 뒤뜰에서 석류나무, 무화과나무, 배나무, 대추나무 등의 과실류들과 깻잎, 고추, 케일 등의 식탁에 오르는 채소들도 같이 키웠다. 농사의 의미라기보다는 취미삼아 자급자족의 작은 행복을 찾던 곳이다.

그 해 6월, 아버지께서 40년 가까이 해오시던 의사 생활 은퇴를 선언하시고 집기, 도구 등을 모두 정리하셨다. 막상 사람을 불러서 집기 매각을 했더니 겨우 10만 원을 쳐주더란다. 덩달아 오랫동안 가족이 함께 살던 이 집도 결국 이사를 하게 되었다.

　오래전에 한옥을 허물고 세웠던 이 집도 새로운 주인에 의해 허물어지고 그 자리에 오피스텔이 들어설 것이라고 했다. 이삿짐을 정리하면서 아버지께서는 40여 권의 사진 앨범들의 사진들을 꺼내 뒤뜰에서 태워 정리하셨다고 한다. 더 간직해 봐야 의미도 없고, 얼마나 더 간직할 거며, 짐만 된다는 게 이유라고 하셨다. 덧없는 추억을 태워 버리신 거다.

　아직도 고향집에 두고 온 개인 사물들이 있다면 중고등학생 때 정신없이 모아둔 LP 레코드 1,500여 장과 책들, 그리고 을씨년스러운 졸업 앨범, 그리고 잡스런 추억들이었다. 음반들도 빨리 처분하라고 독촉이 대단하셨다.

　낮에 이삿짐들을 정리하면서 계속 간직할 필요성을 느끼지 못하는 개인 사물을 없애자고 마음먹었고, 초중고 졸업 앨범들을 뒤뜰에 가져가서 태웠다. 아직도 처분하지 않고 남아 있던 고교 시절 즐겨 읽던 소설책들과 영어 참고서들도 모두 박스에 넣어서 폐품 처리했다.

　무더운 여름 오후의 열기 속에 뒤뜰에서 졸업 앨범들을 뜯어서 한 장 한 장 태웠다. 한참을 태워야만 했다. 모두 다 간직하고 가기엔 인생의 짐이 너무 많은 탓일까.

　텃밭 역할을 해주던 뒤뜰도 사람 손을 타지 못해 이미 잡초가
무성했다. 그 정든 고향집도 잡다한 기억만 남겨둔 채 타인의 손
에 의해 허물어져 영원히 그 모습이 사라져 버렸다.

산에 오르며

폭염이 물러나고, 아침저녁으로 제법 선선한 바람이 부는 때가 되면 많은 이들이 여름을 핑계 삼아 미루어 두었던 운동이나 야외 활동, 혹은 본격적으로 책을 가까이 해보겠다는 등의 정서적인 결심을 다지곤 한다.

내가 시작한 운동은 등산이다. 이유는 단 하나 건강 때문이다. 그리고 건강을 지키는 여러 방법 중 하나로 등산을 선택한 이유는 큰 비용을 들이지 않고 많은 효과를 얻을 수 있는 방법이라 여겨기 때문이다. 유산소운동을 극대화할 수 있고, 적절한 근력운동의 병행이 가능한 것으로 이만한 것이 없으니 서둘러 시작해보라는 권유도 받았던 터이다.

원래가 운동을 별로 좋아하지 않는 성격이나, 나이가 늘어날수록 예전과 다르게 체중도 쉽게 증가하고, 헬스클럽에서 회원권을 끊어 놓고 주중에 그곳을 찾기엔 오히려 더 부담스러웠던 바, 혼자 다녀도 무료하지 않으면서 여러 효과 면에서 적절하다 판단된 등산을 택하게 된 것이다.

사실 예전에는 등산을 매우 싫어했다. 정상에서의 희열의 기억보다 오를 때의 고된 기억이 더 많이 남아 있었고, 이런저런 이유로 산을 기피했었던 게 사실이다. 하지만 다시 시작한 만큼 최소한 일주일에 한 번은 산을 찾겠다는 약속은 반드시 지키고자 하고 있다.

아직은 초보 수준이긴 하지만 그럼에도 불구하고 확실히 좋아진 것이 있다면 인내심이다. 폭염 속에서 가파른 오르막이 지속될 때에는 괜히 왔다는 생각이 들기도 했지만 확실히 정상에 올랐을 때의 기분은 남달랐다. 정상에 올라 바위에 걸터앉아 땀을 식히고, 물을 마시며 이곳저곳 풍경을 즐기기도 하면서 카메라에 풍경들을 담을 때의 그 맛을 이제야 느끼기 시작했다.

단체로서가 아닌 개인으로서 시작한 일이다 보니 늘 혼자서 산을 오른다. 동료가 있으면 더 재미는 있을 것이다. 하지만 없어도 상관은 없다. 산에 오를 때엔 심심하다고 느낄 틈이 없다.
같은 산이라도 갈 때마다 느낌과 분위기가 다르다는 것은 초보자의 경험으로도 충분히 알 수 있었다. 인내심과 더불어 폐활량도 제법 나아졌다. 가파른 산을 오를 땐 여전히 숨이 차고 힘들지만 평소 전철이나 건물의 계단을 오를 때는 확실히 숨이 덜 차다.

부담스런 회원권 대신 스스로 자유롭게 택한 자연과의 약속이기에 등산을 통해 무엇을 해보겠다는 큰 욕심은 없다. 세속에서의 욕심과 고민을 한 가득 안고 산에 올라도 오히려 오르는 동안에 하나하나씩 비우게 된다. 그것이 늦깎이 산행에서 얻게 된 가장 큰 깨달음이다.

어느 친구

　문득 친구 하나가 생각이 났다. 초등학교, 중학교를 같이 다닌 친구다.

　2남1녀 중 막내에, 아버지를 일찍 여의고 하꼬방에서 넉넉지 않게 살던 친구다.

　그 친구가 공부는 썩 잘했다. 그런데 성격이 어찌나 여성스러운지 수줍음에, 말투도 그렇고, 가녀린 목소리조차도 여성스럽게 느껴지다 보니 친구들로부터 놀림을 많이 당했다.

　시험 때가 되면 우리 집에 자주 와서 같이 공부를 했다.

　그러던 어느 날 내 책상 서랍 안에 넣어둔 만 원짜리 지폐 한 장이 없어졌다.

　어머니 친구가 해외관광 갔다가 선물로 사온 디즈니 캐릭터 태

엽 손목시계도 없어졌다.

　나는 책상 서랍 안에 아무거나 넣어두는 버릇이 있었는데 서랍 안 물건이 없어질 줄은 몰랐고, 그 친구가 가져간 건 아닐까 추측만 하다가 금세 잊어 버렸다.

　몇 년이 지나고 그 사이 자주 만나지를 못했고, 고등학교도 다른 곳으로 다니게 되다 보니 거의 못 만나고 지냈다.

　그러던 어느 날 그의 어머니가 우리 집에 찾아와서 급히 나를 보자고 한다. 자초지종을 말씀하시더니 아들이 어쩌다 정신질환에 걸려서 현재 말을 잘 못 하는 등 정상이 아니라고 한다.

　그런데 계속 그 녀석이 반복해서 혁이한테 만 원을 돌려줘야 된다는 말을 하더라는 것이다.

　그 말씀을 하시면서 내 손에 만 원권 지폐 한 장을 쥐어 주셨다. 뭔지 모를 절실함 같은 것이 느껴졌다.

　그 똘똘한 녀석이 어쩌다⋯.

　지금 생각해 보니 당시에 만 원이 내게 큰돈도 아니었고, 어찌 보면 나의 불찰이기도 한데 그 착한 녀석이 순간적으로 저질러 놓고 그리도 오랫동안 마음에 담아 두었나 생각하니 마음이 짠해졌다.

그때는 그런 생각을 할 수 없었지만, 그 돈으로 밖에 나가서 그 친구랑 자장면이나 사먹었으면 어찌 되었을까 하는 생각을 하게 된다.

약속

약속에 얽힌 도산 안창호 선생의 일화가 있다.

안창호 선생이 중국 상해임시정부에서 일하던 어느 날 한 소년이 소년단의 5월 행사에 돈이 필요하다고 도산에게 도움을 요청했다. 도산은 그때 돈을 지니고 있지 않았고 행사 전에 날짜를 정해 직접 돈을 주겠노라 약속을 하였다.

도산은 그 소년과의 약속을 지키기 위해서 그날 돈을 준비해 가지고 소년의 집을 찾아갔다.

그날(1932년 4월 29일)은 상해임시정부 김구 국무령의 지시로 윤봉길 의사가 상해 홍구공원에서 열린 일왕 생일축하식에 폭탄을 투척한 사건이 일어난 날이다.

사건 발생 후 동지들이 안창호 선생에게 도피할 것을 요청했으나 한국인소년동맹의 5월 어린이 행사에 내기로 한 기부금 전달 약속을 지켜야 한다고 소년동맹위원장의 집을 방문했다가 체포당하고 만다.

우리는 많은 만남과 약속을 하면서 사람들과의 관계를 만들고 관계를 이루어간다. 그 속에서 새로운 만남을 만들기도 하고 이별도 하고는 한다. 우리는 각자가 타인에게 얼마나 많은 약속을 하고 있고 그것을 지키고자 노력하고 있는가.

세상에는 저절로 이루어지고 진행되는 것은 없다고 생각한다. 물질적인 것보다 더 중요한 것이 가치이고 약속일 것이다. 사람들과의 관계에서 약속을 지키고 자기에게 주어진 역할에 책임을 지는 것은 매우 중요하다.

약속과 가치는 물질적인 것과 비교하거나 바꿀 수가 없다.
말을 번복하거나, 시간이 지나면서 저절로 그 약속을 소멸시켜 버리는 캐릭터들을 주변에서 쉽게 접할 때마다 많은 아쉬움과 안타까움을 느끼곤 한다.

약속은 곧 믿음이다. 믿음은 약속을 지킴으로써 형성된다.
상대방에게 믿음을 줌으로써 좋은 인간관계를 형성하고, 믿음을 쌓아 나감은 좋은 일을 만들어나갈 수 있는 원동력이 된다. 지키지 못할 약속으로 인간관계를 무너뜨리거나 추진되어 온 일들에 맥이 빠지게 해서는 안 될 것이다.

해외 대중음악의 국내 수난사

1975년 6월 정부는 '대통령 긴급조치 9호'를 발표하면서 이른 바 유신체제를 더욱 굳혀 나가고 있었다. 그 일환으로 대중음악에 대한 규제를 대폭 강화하기에 이르는데 그것은 모든 공연예술의 심의를 강화하면서 해당되는 모든 대중음악들에 대해 재심을 실시했다. 그 기준은 국가안보와 국민총화에 악영향을 줄 수 있는 것, 즉 외래풍조의 무분별한 도입과 모방, 패배, 자학, 비관적인 내용, 선정, 퇴폐적인 내용이면 무조건 규제를 하겠다는 것이었다.

당시의 대중음악을 심의하고 규제하는 잣대의 역할을 했던 〈한국문화윤리위원회〉는 국내가요 222곡, 외국곡 261곡을 금지곡으로 확정 발표했다.

그런데 그 기준이라는 것이 참으로 애매한 것이 '어라, 얘는 왜 노래하다가 불필요하게 이 대목에서 꺾어서 부르지? 창법이 저속해서 안 돼. 방송 불가야!' 라는 식이었다. 그야말로 엿장수 마음대로인 시절이었다.

덕분에 국내외 많은 대중음악들이 국내에서는 난도질을 당했는데, 1987년 9월 18일이 되어서야 500여 곡들이 금지곡 목록에서 해제되었다.

1987년 이전만 하더라도 음악 애호가들 사이에서는 빽판(불법 복제 음반)의 기억이 있다. 해외의 유명 록이나 팝 아티스트들의 음반들이 국내에서 라이센스 음반으로 발매가 되지 못하거나, 불후의 명곡들이 무수히 금지곡으로 누락되거나, 음반의 커버가 부분 삭제 혹은 전체 무단 변경되기 일쑤다 보니 아예 오리지널 음반을 몰래 복제하여 판매했던 것이다.

가격은 라이센스 음반의 1/3 정도의 가격이고 화려한 레퍼토리를 자랑하다 보니 개인 음악애호가들은 물론이고, 당시 유행하던 음악 다방, 음악 감상실 등지에서는 필수품목(?)이었다.

그런데 〈한국문화윤리위원회〉의 심의가 압권인 것이 해외에서는 국보급으로 대우받는 아티스트들 중 일부가 국내에서는 아예 전면 금지당한 경우도 드물게 있었는데 대부분 해당 가수들의 사상을 트집 잡은 것으로 보인다.

국내에서 전면 금지당한 해외 유명 대중음악가들 중 우디 거스리, 레오 페레, 피트 시거, 리드 벨리, 앨리스 쿠퍼, 미키스 테오도라키스 등은 단연 대표적이라고 할 수 있다.

　국민의 정부 시절에 일본 대중음악이 전면 개방되기 전에 모든 방송에서 일본어로 된 음악들이 방송이 허가되지 못한 경우와는 또 다른 차원인 셈인데, 지금은 금지 해제 되었지만 당시에는 몰래 듣던 맛이 여간 즐거운 게 아니었다.

옹졸함

사촌이 종로 번화가에서 요식업을 했었다. 월세가 당시에도 무려 천만 원 수준은 부담해야 하는 요지에서 장사하던 제법 규모 있는 식당이었다.

그런데 당시 인터넷에서 인기 있던 커뮤니티에 그 식당을 비방하는 글이 올라왔다. 그것을 용케 찾아낸 사람의 재주도 희한했지만, 어쨌든 글의 내용인즉 손님들이 앉는 홀을 배경으로 한 것이 아니라 주방을 배경으로 한 이야기였다.

주방은 청소를 안 해서 쥐가 들끓는다는 둥, 점심시간 때 나오는 돈가스는 하루 전 날 팔다가 남은 걸 냉동실에서 꺼내서 판매한다는 둥, 뭐 대략 그런 내용이었다. 내용으로 보아 주방에서 일하다가 그만둔 직원으로 추정이 될 테고.

그런데 그 식당의 내부 사정에 대해 제법 알고 있는 나로서는 납득하기 어려운 점이 많았다. 청소를 안 한다고 하는데 청소는 주방에서 일하는 사람들의 몫이다. 식자재가 아침에 도착하면 음식재료를 세척하고 다듬어 맛있는 음식으로 쓰이게 하기 위해 정성을 쏟아야 한다.

음식을 만들기 위해 조리대나 선반, 씽크대, 그리고 주방의 바닥 등도 말끔히 청소부터 하고 일을 시작해야 한다.

일이 끝나면 음식물 쓰레기를 분리하고 주방을 다시 청소 정리한 뒤에 퇴근해야 하는 것이 주방에 일하는 사람들의 몫이다.

점심시간 때는 주문이 폭주하는 가운데 특히 돈가스의 경우 기름에 튀기는 시간이 너무 오래 걸리기 때문에 바쁠 때에는 종종 점심시간 전에 미리 튀겨 놓은 것을 잠시 보관해 놓고서 주문이 들어오면 다시 튀겨서 내놓은 적이 있다는 것이다.

그 말을 들어보니 직원들의 고충이 충분히 이해가 갔다.

아무튼 그 직원이 올린 전체적인 글의 맥락은 결론적으로 사실무근인 것들이 많았고, 자기 얼굴에 침을 뱉는 행위라는 생각이 들었었다.

게시판 비방 글이 올라왔다는 얘기를 들은 나는 사촌에게 그런 놈은 가만 놔두면 안 된다고 발끈하니 그럴 것까진 없다면서 전화로 불러서 오게끔 해서 조용히 타일렀다. 그랬더니 정말 죄송하다며 사과까지 하더란다.

　세상을 살다 보니 문득 그런 생각이 든다. 자기가 몸담았던 곳에서 일어난 일들은 결과적으로 자신의 책임이 포함되어 있다는 사실을 간과하는 이들이 많은 듯하다.
　그런 간단한 이치조차 망각한 채 다른 사람들보다 조금 더 잘 알고, 경험해 봤다는 이유 하나 만으로 마치 모든 것을 다 안다는 식으로 밑도 끝도 없이 사적인 앙심을 품고 인터넷에 폭로전을 펼치는 사람들이 있다.
　순간의 감정에 눈이 멀어 영원한 악마는 되지 말자.

재개봉관의 추억

어렸을 적, 외할아버지께서 극장을 운영하셨었다. 그 덕분에 영화관 출입을 일찍부터 했으나, 영화를 보기 위해서가 아니라 어머니와 같이 집안 어른을 만나러 가기 위한 목적이었으니 영화를 봤다기보다는 극장 안의 풍경을 목격했다고 해야 맞겠다.

나의 추억 속에 담겨 있는 시절은 지금과 같이 대기업이 운영하는 멀티플렉스 영화관이 없었고, 골목상권, 동네 극장들의 전성 시절이었다.

당시엔 극장을 1류, 2류, 심지어 3류로 나눠서 부르기도 했는데 1류는 개봉관이고 2류 밑으로는 재개봉관을 의미했다. 2류와 3류의 기준은 잘 모르겠지만, 기억컨대 분명히 '클라스'의 차이는 있었던 것 같다. 아마 3류는 돈을 내고 들어가면 영화를 두 편 볼 수 있었던 것 같다.

기억으로만 분류하자면 외할아버지의 극장은 2류 극장이었다. 왜냐하면 제법 규모가 있는 재개봉관이었고 영화는 한 편 만 보여 주었으니까.

그런데 재개봉관으로 영화 필름이 넘어오면서는 필름의 한 컷 한 컷을 많이 도려냈던 이유인지는 모르겠으나 영화를 보는 중간에 뚝뚝 끊기는 경우가 많았다. 먼지 같은 이물질들도 필름에 묻기도 해서 스크린에 실오라기나 아메바 같은 게 둥둥 떠다니다가 사라질 때도 있었다.

영사기가 멈추는 바람에 영화가 중단되어 부랴부랴 기사가 필름을 붙이는 작업을 하는 경우도 허다했다.

극장에서 영화만 상영된 것은 아니었다.

리사이틀이라고 해서 유명가수가 출연해서 노래를 부르는 일종의 라이브 무대도 종종 있었던 기억도 나고, 그 무대에는 가수만 오르는 것이 아니라 유명 코미디언들도 무대에 올랐는데, 지금은 작고하신 분들이 대부분이지만 그 분들을 분장실이나 대기실에서 어렵잖게 볼 수 있기도 했다.

세월이 흘러 미국에서 생활하던 시절 영화를 보기 위해 극장을 찾았는데, 극장 안에 여러 작은 공간들을 나뉘어서 여러 편의 영화들을 시간대를 나눠서 상영하는 것이었다. 게다가 상영관마다 따로 출입을 제지하는 직원들도 없어서 아무렇지도 않게 두 편을 보고 온 적도 있었다.

한국에는 그로부터 한참 뒤에 복합상영관이 들어섰고 출입구마다 직원들이 철통같이 체크하기 때문에 그러고 싶어도 그렇게 할 수가 없다.

중학교에 다닐 때까지는 종종 친구를 데리고 무료입장을 했었다. 고등학생이 되면서 발길을 끊었고, 여러 해가 흐른 뒤에 극장도 문을 닫았다. 정정하시던 외할아버지도 지병으로 돌아가셨고, 그걸로 모든 것이 막을 내렸다.

추억의 동네 극장들도 특화된 극장 사업을 하는 소수의 곳들을 제외하고는 대기업이 극장 사업에 뛰어들면서 지금은 모두 문을 닫고 사라졌다.

스크린 독과점을 규제하는 개정 법안이 발의되었다. 극장 사업을 하는 대기업이 자회사의 영화를 절반씩이나 돌리는 독과점적 행태를 규제하자는 것이다.

독립영화 등에 대한 보호도 필요할 것이다. 하지만 그것만으로는 재개봉관의 추억을 다시 끄집어낼 순 없을 것 같다.

타임머신을 타고 과거로 돌아가지 않는 한.

필기구의 생명력

　글을 쓸 때 아직도 종이에 먼저 초안을 작성한 후에 컴퓨터에서 문서 파일로 옮겨 적는 습관을 가지고 있다. 이런 습관이 이중적인 수고로 이어지고, 시간을 더 많이 차지하기도 하여 효율성 문제로 이어져서 어떤 날은 일부러 처음부터 PC를 켜 놓고 작업을 해 본 적도 있다.

　내가 너무 구식이라서 그런 것일까? 혹은 습관을 들여 놓지 못해서 그런 것일까? 이런저런 스스로의 반문을 해보기도 하고, 실제로도 방식을 바꿔 보려고도 시도해 보았으나 우선 컴퓨터에 오래 앉아 있으면 눈이 아프기도 하고, 정신이 잘 집중되질 않는다.
　PC도 있고, 5.5인치 스마트폰도 있고 태블릿도 있고, 노트북도 소유하고 있지만, 몸과 마음이 아날로그에 더 가깝다 보니 자연스럽게 필기구와 종이에 민감한 편이다.

종이는 복사용지만 사용하고 있고, 필기구는 그날그날 기분 따라 연필, 볼펜, 중성펜, 수성펜 등 타입별로 골라서 쓰고 있다. 그러다보니 필기구의 구입 횟수도 빈번하다.

요즘은 책방이 문구류를 같이 취급하는 대형 서점화 되다 보니 책 구경을 하러 갔다가 필기구를 구입하기도 하고, 필기구를 구입하러 책방을 가기도 한다. 어떤 때는 취미삼아 검색을 하다가 온라인에서 구입을 하기도 한다.

그런 식이다 보니 책상서랍 안에 필기구가 가득 모였고, 취미라기에는 좀 병적이라는 생각이 들 때도 있다. 그럼에도 돈이 아깝다는 생각을 해 본 적은 없으니 그게 참 이상한 노릇이다.

칼럼을 쓰기 위해서 현장을 가더라도 노트북을 가져가진 않는다. 필기구와 노트패드, 녹음기, 카메라가 전부다.

현장 내용도 압축보다는 가능하다면 강연자의 많은 것들을 담으려다 보니 글도 길어지고 그만큼 작업 시간도 늘어난다. 따라서 필기구와 종이가 만나는 시간도 덩달아 길어지기 마련이다.

필기구를 많이 모으게 되었으나, 유독 관심이 없었던 것이 만년필이다. 취급하기가 힘든 까닭에서였다.

그러던 것이 2년 전에 독일산 만년필을 지인으로부터 선물을 받는 바람에 만년필 사용을 시작하다 보니 그 특유의 매력과 용도, 품격에 빠져들 때가 많다.

　만년필은 일반 필기구보다 취급하기가 힘든 건 사실이다. 상대적으로 가격도 높고, 바닥에 추락 시 타격도 크다. 잉크에도 민감하여 필기감이 확연히 차이가 나기도 하고, 조금만 방치할 경우 잉크가 금방 말라 버리기도 한다. 촉에 따라서 굵기와 가늘기가 조절도 가능하다.
　기기에 따라서는 일회용 잉크 사용도 되고, 컨버터를 이용해서 잉크를 직접 담아서 사용도 할 수 있다. 만년필을 사용할 때는 필기구의 생명력을 느끼곤 한다. 덕분에 최근에 가격대가 좀 더 높은 만년필을 하나 더 구입했다.

　만년필에도 지름신이 찾아올 때도 있지만 일반 필기구처럼 여러 개를 구입하기는 힘들다.
　여러 개를 구입했을 경우에 관리하기가 정말 힘들기 때문이다. 그래서 두 개 만 용도에 따라서 사용하기로 했다.
　어쨌든 앞으로도 나의 글쓰기는 계속 아날로그적으로 이루어질 것 같고, 필기구와의 끈끈한 우정은 지속될 것 같다.

반려동물

예전에는 강아지를 좋아했는데 나이가 들면서는 그 취향이란 게 조금씩 바뀌더니 요즘은 왠지 고양이가 좋아진다.

여덟 살 때였나? 집 마당에 발발이를 키웠는데 사람을 따르지 않고 경계심이 많았다. 어느 날 녀석은 목줄을 풀더니 반쯤 열려 있는 대문 밖으로 뛰쳐나갔다. 힘껏 달려서 따라가 보았지만 워낙 빨리 도망치다 보니 도저히 따라갈 수 없었다.

그 다음으로 개 두 마리를 키웠는데 한 녀석은 덩치가 좀 크고, 한 녀석은 덩치가 좀 작았다. 싸움은 작은 녀석이 더 잘해서 큰 녀석이 꼼짝을 못 했다. 작은 녀석이 영리하고 사람을 잘 따랐기 때문에 예뻐해 주었지만, 초등학교 3학년 때 한옥을 허물고 그 자리에 새 집을 지었기 때문에 그 사이에 외갓집으로 두 마리를 모두 보내야 했다. 그리고 그 두 녀석도 그 뒤로는 영영 다시 볼 수 없었다.

집을 새로 짓고 나서는 개를 키우기가 힘들어서 초등학교 앞에서 병아리를 사와서 키웠다. 경험상 대부분의 병아리들이 오래 살지 못하고 죽어 나갔는데, 유독 한 마리가 닭이 될 때까지 튼튼하게 잘 자라 주었다. 옥상에서 먹이를 주다 보면 녀석이 날 어미로 착각한 건지 뒤를 졸졸 따라다녔다. 그런데 그 녀석도 결국 외갓집으로 보내졌는데, 지금 생각하면 아마도 잡혀서 식탁 위에 올랐을 것 같다.

어느 날 삼촌이 예쁜 토끼 한 마리를 데리고 와서 며칠을 아무 생각 없이 키웠는데 학교에서 돌아와 보니 토끼는 탕으로 끓임을 당해 식탁 위에 올라 있었다. 그 벗겨진 가죽은 옥상 위에 끔찍한 모습으로 걸려 있는 것을 보고 마음의 상처를 받은 적이 있다.

1층 정원에 새끼 길고양이가 혼자 울고 있어 데리고 와서 키웠지만, 집안에 들일 수가 없어서 케이지 안에 넣고 계단에 내놓고 키웠다. 그러는 것도 몇 달 가지 못했다.

그 후 내가 정성을 들여서 키운 것은 금붕어였다. 피아노 위에 어항을 올려놓고 정성껏 키웠다. 개나 고양이와는 그렇게 인연이 끝날 줄 알았는데 여동생이 친구에게서 말티즈 한 마리를 데려왔다. 기르던 중간에 어머니가 힘들어 하셔서 다시 돌려주기도 했지만 다시 데리고 와서 13년을 같이 살았다.

그리고 지금까지 한 번도 동물을 키워 보지를 못했다. 일 년 전쯤에 직장 동료가 강아지 분양을 부탁하였으나 도저히 엄두가 나질 않아서 키우지를 못했다. 일하러 나간 사이 혼자서 외로워 할 강아지를 상상하니 너무 측은했기 때문이다.

요즘은 고양이가 좋아져서 한 마리 키워 볼까 싶다가도 그 때 뿐이다. 온전한 사랑을 쏟아 가족처럼 함께하지 못한다면 기르지 않는 게 맞겠다는 생각이 든다. 고양이나 강아지도 감정이 있을 테고. 강아지나 고양이 대신 조만간 꽃집에 가서 화초나 구입해서 집에서 길러 볼 생각이다.

개인 정보 이야기

　개인 정보 도용과 보이스피싱 범죄가 큰 사회문제가 된 지 오래다. 필자도 몇 년째 유료로 개인 정보 보호 서비스를 받고 있는 상황이다.

　몇 년 전 어느 날, 지방에 출장을 가게 되어서 운전을 하고 있는데 국민은행 OOO 지점이라며 전화가 걸려 왔다. 왠지 어색한 말투와 엉성한 각본에서 보이스피싱임을 직감했지만, 문제는 개인 정보 확인차 주민등록번호를 확인하겠다며 열세 자리 번호 모두를 끝까지 불러 주는 순간(넌 딱 걸렸어라는 식의 낮고도 냉랭한 말투) 소름이 끼치면서 피가 거꾸로 솟는 기분이 들었다.

　흥분한 채로 운전을 한 탓이었을까. 그로부터 열흘이 지나고 나서 과속과태료 고지서가 날아왔다. 그런데 그게 다가 아니었다. 10여 년 간 관리해 온 네이버 블로그가 해킹을 당해서 새벽 시간에 누군가 몰래 접속해서는 도박 홍보 게시물을 백여 개를 올려놓은 것 아닌가. 깜짝 놀라 비밀번호를 변경을 하고 마우스에 불이 나도록 게시물들을 삭제해 나갔다. 그런데 다음날에 또 접속해서는 이번엔 아예 셀 수도 없을 만큼의 게시물들을 올려놓은 것이다.

비밀번호를 몇 차례 더 바꿔 봐도 소용이 없었다. 하는 수없이 눈물을 머금고 오랜 기간 사용해 온 계정을 삭제했다. 블로그뿐 아니라 가입된 카페, 이메일, 모두를 포기해야만 했다.

지금으로부터 10여 년 전에 국내 최대 온라인 오픈마켓이 해킹 당한 적이 있다. 그리고 곧이어 연쇄적으로 유명 온라인 모바일 사이트가 뚫린 적이 있다. 나도 두 곳 모두 가입이 되어 있었고, 온라인 쇼핑몰의 특성상 가입자들이 구매물품을 받기 위해서 정확한 주소, 핸드폰 번호 등을 기입할 수밖에 없는데, 범인들은 그 점을 노린 것 같았다. 필자도 그런 연유로 피해를 보게 된 듯하다.

그런데 일부 네티즌들의 해당 사이트들에 대한 소송에서 대법원이 해당업체의 과실이 있다고 보기 힘들다고 판결을 내리면서 소비자의 권리를 외면했다. 그 수많은 개인 정보 유출로 인한 피해를 어찌 감당할 것인가. 해당 업체들은 보상은커녕 해킹 사실

만 이메일로 보내 왔을 뿐 진심어린 사과조차 없었다.

하는 수없이 개인 정보 보호 유료 서비스에 가입을 해서 현재까지 이용을 해오고 있는 형편이다. 해당 서비스를 통해 주민등록번호를 도용하여 가입된 사이트들을 조회할 수 있었는데 각종 게임, 도박, 성인 사이트에 잔뜩 가입이 되어 있었고, 접속 날짜나 장소 등도 조회가 가능했다. 주로 경북과 호남 같은 지방에서 접속이 이루어졌고, 해당 사이트에 요청해서 모든 계정을 탈퇴시켰다.

그런데 그것이 끝은 아니었다. 안전을 위해 발급한 아이핀마저도 수차례 외지에서 누군가가 접속을 시도하다 실패한 흔적이 발견되기도 했다. SNS의 경우는 중국 상하이에서 로그인을 시도한 흔적이 발견되기도 했다. 그들은 해킹을 통해 친구들에게 돈을 빌려 달라고 사기를 치거나, 각종 성인 사이트들과 도박 사이트 등을 홍보하기도 한다. 야한 동영상을 쪽지로 보내와서 조회를 유도하면서 악성 바이러스를 유포하기도 한다. 일전에는 네이트온 같은 메신저를 해킹해서 친구로 등록되어 있는 사람들에게 돈을 빌려 달라는 사기가 유행한 적도 있었다. 나의 경우에도 후배가 갑자기 반말을 하면서 급히 돈을 빌려 달라고 하기에 황당했던 기억도 난다.

일부 지인의 경우엔 SNS에서 어떤 젊은 여성이 지방에서 지갑을 잃어버렸으니 차비를 빌려주면 꼭 갚겠다는 쪽지에 속아 피해를 호소하기도 했다. 현재에도 어딘가에서 훔쳐 온 어리고 예쁜 여성의 사진을 이용하여 사이버 범죄를 저지르고 있는 계정들이 범람하고 있다. 각별한 주의가 요망된다.

그 외에 하루에도 070 번호로 걸려 오는 전화량이 어마어마하다. 대부분 대출이나 핸드폰 가입을 유도하는 전화다. 그런데 이 번호들을 살펴보던 중 유사한 번호들을 많이 발견할 수 있었다. 거대한 대출 사기 텔레마케팅 조직이 있음을 알 수 있는 대목이다. 요즘은 070 인터넷 전화를 사용하는 가정이나 일반 사무실이 늘었기 때문에 무조건 전화를 거절할 수는 없는 노릇이라 최근에는 스팸 전화를 식별해 주는 앱을 설치해서 요긴하게 쓰고 있다.

집 앞에 세워 둔 차에 연락처를 남겨 두다가 최근엔 차를 사용하지 않을 때는 연락처를 숨겨 두고 있다. 차 앞 유리, 옆 유리에 대출 명함이 자주 꽂혀 있는 걸 보면 혹시 이런 자들이 연락처를 가져가는 건 아닌가 의심이 들었기 때문이다. 각종 대출, 도박 스팸에 시달리는 원인이 되기도 할 것이고, 여성의 경우엔 스토킹의 원인이 되기도 한다. 이런 경우를 대비해서 최근 통신사에서 유동 번호를 부여하는 서비스를 제공하기 시작하기도 했다. 한국인터넷진흥원에서도 주민번호 클린 센터를 운영하면서 가입된 사이트 조회를 무료로 이용할 수 있게 하고 있다.

　뒤늦게 정부에서 2013년 2월 18일부터 인터넷 홈페이지 가입 시 주민번호 수집을 할 수 없게끔 통신망법이 개정이 되고, 개인 정보 유출방지 종합 대책을 내놓으면서 효과를 거두고 있다. 소 잃고 외양간 고치는 격이긴 하지만 그나마 다행스러운 조치라 여겨진다. 하지만 과거에 개인 정보를 통째로 유출당한 후 끊임없이 시달리고 있는 피해자들에겐 여전히 그 괴로움은 진행형이기만 하다.

Bob Dylan을 생각하며

고등학생 시절 밥 딜런의 음악을 처음 접했을 때, 딱히 취향에 맞는 음악이 아니었을 뿐더러 취향을 따질 만큼의 음악적인 완성도를 갖추고 있지도 않았다. 그런데 해외 모던 포크 음악(19세기 말 미국의 산업화와 함께 광산과 철도 노동자들 사이에서 불리던 구전 가요가 자연스럽게 문학적인 가사를 도입, 1960년대 들어 의식 있는 젊은 세대들이 이를 계승하고, 여기에 사회 저항적인 메시지를 담아 포크 록의 형태로 발전)에 눈을 뜨기 시작한 것도 그 무렵이다. 아마도 지금 생각해 보면 마음을 다스려 줄 음악적 차원이라기보다는 의식이 눈뜨기 시작한 시기와 맞물려서 밥 딜런을 만난 것이 아닌가 여겨진다.

처음 접한 밥 딜런의 목소리는 실제 그가 20대 때 레코딩한 노래라고 하기엔 이미 60대의 노회한 분위기였고, 가창력으로 평가한다면 거의 음치에 가깝게 느껴졌다(솔직한 표현으로 술주정뱅이

에 가까운 느낌의). 한국인의 정서에 맞는 미성의 애상적 분위기의
연가戀歌와도 거리가 멀었다.

그는 가수라기보다는 통기타와 하모니카를 들고 노동자들의
목소리를 대변하며, 정치 사회의 어두운 면과 불합리를 날카롭게
비판하는 저항시인에 가까웠다. 그는 공히 당대 'protest song'의
대표적인 인물이었다.

그의 노랫말 속에는 6,70년대의 달콤쌉싸름한 구닥다리 사랑
의 이야기보다는 사회적 마이너리티에 대한 애환을, 그리고 부패
한 메이저를 향한 통렬함이 있었다. 통기타 하나만으로 그런 일을
해냈다. 날카로운 지성을 과격하지 않은 선율에 담아냈다. 그러니
이미 세상 다 산 듯한 60대의 조로한 목소리를 낼 만도 했다.

그의 음반이 대중음악에 대한 규제가 삼엄하던 한국의 7,80년
대에 국내 음반 제조사를 통해서 라이센스 발매된 정규 앨범이
거의 없는 이유이기도 하다. 1980년대 후반이 되기 전까지는 많
은 대표곡들이 방송금지곡으로 묶여 있었고, 국내에 출반된 라이
센스 음반들은 국내 취향 위주의 편집된 베스트 앨범들 몇 종 만
레코드 가게에서 유통 되었다. 국내 라디오 팝음악 프로그램에선
〈One more cup of coffee〉나 〈Knocking on heaven's door(이 곡
도 사실 굉장히 강력한 반전反戰음악인데 아이러니하게 국내 최고의 히트곡

중 하나가 됨〉 정도만 줄곧 송출하고는 했다.

60년대 후반부터 70년대 중반까지 국내에도 통기타 음악이 크게 유행하면서 해외의 음악을 개사한 번안 가요들이 홍수를 이루었다. 개중에는 김민기나 양병집, 서유석 등의 초기 음반 수록곡처럼 저항적인 내용의 노래들이 발표되기도 했으나, 서슬 퍼런 공권력에 의해 모조리 방송금지곡으로 낙인찍히고 활동을 규제받음으로써 대부분의 국내 방송용 포크 음악들은 달콤한 사랑 이야기, 이별 이야기 등이 주류를 이룰 수밖에 없었다.

그런데 미국에서 살다가 귀국한 해외파 한대수가 1974년에 내놓은 앨범 〈멀고 먼 길〉은 가히 혁명적인 음악들로 가득 차 있었다. 가사는 전원 목가적인 내용들이 많았지만 당시 국내 포크음악에는 접할 수 없었던 내지르는 창법과 독창적인 가사는 국내 포크 음악 역사에 큰 획을 그었다. 그런데 당시 그의 음악은 국내 포크 음반들 중에서 밥 딜런과 가장 많이 닮아 있었다. 보석과도 같은 〈행복의 나라로〉는 밥 딜런의 〈Blowing in the wind〉와 쏙 닮아 있다.

잘 나가던 그가 2집 앨범 때문에 억울하게 반체제 인사로 찍혀 음반 전량 수거, 판매금지 처분을 받는 바람에 크게 상심하고 다시 미국으로 떠나기도 했다.

그런데 한대수는 스승과도 같았던 밥 딜런을 아주 싫어한다고 한다. 유태인임을 숨기고 사치스럽게 살고 있고, 공연을 성의 없이 한다는 게 그 이유다. 처음부터 밥 딜런이 그랬었는지는 잘 모를 일이다. 그런데 현실은 현실이고 그것이 과거의 주류를 향해 통렬하게 비판을 가하던 그의 모습과 다른 모습이라면 충분히 괴리감이 있을 법도 하다. 밥 딜런은 밥 딜런대로 시대의 흐름을 따랐을 뿐이라고 변명했을 테고.

세월이 흐르고, 그도 한국 나이로 80세 가까이 되었고, 음악도 변했다. 2010년 3월, 한국을 찾아서 공연을 한다는 소식을 들었을 때도 별로 공연장을 찾고 싶은 생각이 들진 않았다. 나 역시도 그의 이미지와 노래들을 6,70년대에 시계를 멈추어 놓고 그 상태로 영원히 머물고 싶은 마음이었기 때문이다.

현재 국내외를 통틀어 저항가수를 찾기는 쉽지 않다. 70년대 중남미에는 당시 시대를 풍미했던 사회 참여적 노래운동인 '누에바깐시온nueva cancion'의 대표적인 가수들이 당시 독재정권들의 탄압에 의해 추방되고 목숨을 잃은 슬픈 역사를 간직하고 있기도 하다. 과격한 좌파의 모습을 기대하는 것이 아니라 단지 시대의 성찰과 고민, 비판, 고뇌어린 음악조차 버티기 힘든 인스턴트적이고도 상업적인 세태를 아쉬워 할 뿐이다.

Tip(봉사료)의 추억

　미국에서 생활을 했었다. 상가들이 보이는 대로변을 지나다 보면 '99 cent shop'을 종종 볼 수 있었다. 우리나라로 비유하자면 '천 냥 하우스' 정도가 되겠다.

　지금은 어떤지 모르지만 당시로서는 거의 조악한 중국산 제품들로 가득했고, 생활용품 몇 가지를 구입해 봤더니 '싼 게 비지떡'이라는 생각이 절로 들어서 다시는 찾지 않는 곳이 되었다.

　우리는 물품을 구매할 때 부가세(상품 가격에 10퍼센트를 부가)를 포함해서 지불한다. 일부 고급 레스토랑의 경우에 메뉴 하단에 부가세를 별도로 받는다고 표기해 놓은 곳도 있긴 하다.

　그런데 미국에는 도시마다 조금씩 차이가 있긴 하지만 부가세(VAT)의 개념은 없지만, 그 대신 소비세(TAX)가 있어서 일반적으로 9.5~11.5퍼센트를 내고 있다. 따라서 99센트짜리 상품이라도 막상 계산할 때는 1달러가 넘어간다는 뜻이다.

우리나라의 매장에 가면 예를 들어 199,000원이라고 붙여놓고는 10만 원대라고 과대 광고하는 경우를 많이 보지만 좀 씁쓸하긴 해도 딱히 틀린 말은 아니다.

하지만 미국의 경우 예를 들어 $7.99라고 표기해 놓았다면 실제 구입할 때는 금액이 달라지니 이런 계산에 익숙지 않았던 나는 항상 먼저 머릿속으로 계산을 한 후에 구입할지 말지를 결정하는 버릇이 생겼었다.

그런데 음식점에 가면 계산은 더 복잡해진다. 음식 가격에 소비세를 별도로 내면서 종업원에 대한 봉사료(Tip)까지 더해야 하니 익숙하지 않으면 불편함을 느낄 수밖에 없다. 그러니 $7.99로써 붙여 놓은 음식의 가격이 실제 계산대에서 지불해야 할 금액은 $10가 되는 건 자연스러운 일이었다.

미국의 서비스업에 종사하는 종업원의 경우 시간당 급여가 낮기 때문에 팁에 대한 의존도가 높을 수밖에 없고 약 10~15퍼센트 정도를 지불해야 한다. 불친절해서 기분이 나빠지면 그냥 나오는 경우도 있겠지만, 서비스 만족도가 높았을 경우 30~40퍼센트를 지불할 수 있는 것도 순전히 손님의 마음에 달린 셈이다.

할리우드 영화를 보면 주인공이 diner(도로변에 위치한 간이식당)

에 들러서 커피 한 잔을 하고는 10달러를 종업원에게 건네주면서 'Keep the change(잔돈 가지시오)'라고 말하는 장면을 자주 보게 된다. 당연하고도 자연스러운 팁 문화 때문이다.

나의 경우에 일행과 함께 어떤 중국식당에 들어갔더니 종업원이 너무 불친절해서 팁을 테이블 위에 올려놓지 않고 그냥 나온 경우가 딱 한 번 있었다. 그랬더니 그 종업원이 출입문을 열고는 한참 동안 우리를 쳐다봤는데 지금 생각해 보면 미안하다는 생각도 든다.

음식점이지만 팁을 내지 않아도 되는 곳이 햄버거나 피자 등을 파는 패스트푸드점일 것이다. 패스트푸드점이라도 배달의 경우엔 종업원에게 팁을 주는 게 맞다.

미국인의 1인분의 양의 기준은 우리나라의 약 1.5배 정도로 양이 많다. 그래서 곱빼기의 개념이 필요 없기도 했다. 먹다가 남기게 되는 음식은 포장해 달라고 하면 된다. 그렇게 생각해 보면 비싼 음식 값도 조금은 이해할 수도 있다.

음식점 말고 팁을 내지 않아도 되는 마트나 전자상가의 경우에는 그래서 그런지는 잘 모르겠으나, 우리나라 직원들만큼 악착같이 팔려는 느낌을 받지 못했고, 전시된 제품(TV)이 마음에 들어서 이걸로 달라고 했더니 '당신이 직접 가져가면 되지 않느냐, It's up to you'라고 하면서 빤히 쳐다보기에 황당했던 적도 있었다.

여행에 관해서는 일찌감치 환승(transfer) 시스템이 잘 되어 있던 시내버스를 틈틈이 이용하기도 하고(기사에게 paper transfer를 달라고 하면 된다), 위험하다고 타지 말라는 전철을 많이 이용하면서 일인 여행을 많이 했었다.

장거리 여행을 떠날 때는 지인이랑 차를 빌려(rent-a-car) 다니고는 했다.
한 번은 한인 관광 업체를 통해 패키지여행 상품을 이용한 적이 있는데 일행들이 대부분 어르신들이었다. 원래 짜인 여행 프로그램이 있었는데 도중에 어르신들이 식단을 한국 음식으로 강력 주장하는 바람에 코스가 변경되어 구불구불 한국 음식점을 찾아 외진 곳을 가다 보니 시간이 지체되어 몇몇 방문지들을 건너뛰는 경우도 발생했다.

맛없는 된장찌개를 냄비 하나에 담아 네 명이 붙어서 개인 접시 하나 없이 숟가락으로 떠서 드시기에 차마 먹고 싶은 생각이 들지 않아서 형편없는 반찬만 집어먹었던 기억도 난다.
어떤 한식당은 음식이 나오기도 전에 주인이 미리 팁부터 내놔라고 하기에 가이드가 미리 거둬간 황당한 기억도 난다.

며칠 전에 고깃집을 갔다가 종업원이 친절하게 대여섯 번을 테이블로 와서는 고기를 잘라주고 뒤집어 주기에 맛있게 잘 먹었고 새삼 고마운 생각이 들면서 문득 팁을 받는 미국 음식점에서의 기억들을 떠올리게 되었다.

석조전 대한제국역사관

덕수궁을 서너 번 가 본 것 같다. 주로 사진을 찍기 위해 갔던 것 같고 덕수궁 외부의 아름다운 돌담길을 바라보고 걷다가 나도 모르게 안으로 들어갔던 것 같고, 시청 근처의 행사에 갔다가 짬 나서 들른 기억도 있다.

그러던 것이 석조전이 대한제국역사관으로 재탄생한 이후로 처음 내부를 구경할 수 있었다(인터넷 예약 필요). 여직원의 안내를 받으며, 설명에 귀 기울이면서 40여 분을 관람할 수 있었다.

석조전은 1897년 대한제국 선포 후 건립을 계획했고, 1900년에 착공되어 1910년에 준공되었다. 건립 후 대한제국 황궁의 정전으로 이용되었으나 일제 강점기 때에는 일제에 의해 의도적으로 미술관, 박물관 등의 용도로 사용되면서 원형이 많이 훼손되기도 했다. 문화재청에서 석조전을 원형대로 복원하여 2014년

10월 '석조전 대한제국역사관'으로 재탄생시켰다.

　실내에 배치되어 있는 소품이나 가구, 시설들은 오리지널 진품도 있고 철저한 고증을 거쳐 복원시킨 것들이 공존해 있다.

　석조전 대한제국역사관은 1층에는 접견실과 대식당 등 대한제국의 정치 외교 의례 등에 관한 내용들을 담아서 전시하였고, 황제의 침실과 서재 등의 공간인 2층은 황실 소개가 이루어지고 있다. 시종들의 거주 공간이었던 지층에는 대한제국의 근대 개혁과 신문물의 도입 과정과 석조전 복원 5년 동안의 기록을 담았다.

　1층 중앙홀의 인테리어는 신고전주의 양식으로 고전적 장식의 활용과 좌우 대칭의 배치가 특징이다. 황금빛 장식들이 수려하다. 귀빈대기실은 황제를 만나기 전에 순서를 기다리는 공간이었다. 테이블에서 비스킷이나 샴페인 등의 다과를 즐겼다고 한다.

　고종은 1895년 을미사변을 겪은 후 경복궁을 나와 1896년 러시아공사관으로 거처를 옮겼다(아관파천俄館播遷). 1897년 10월 12일에는 황제가 되었음을 선포하였으며 복식은 황제의 색상인 황금색으로 바뀌었다.

　접견실은 황제를 만나 뵙는 곳으로 석조전 실내 중 가장 화려하고 위엄 있는 공간이다. 접견실 벽면엔 이화문 장식이 치장되어 있다. 대식당은 대한제국의 공식 행사 후 만찬을 즐기는 공간으로 서양식 코스 요리가 제공되었다고 한다.

황제의 침실은 애초의 목적과는 달리 고종의 입장에서는 매우 불편했었던 것으로 여겨져 사용되지는 않았다고 한다.

황후의 거실은 황후가 책을 읽거나 내빈을 접대하는 방으로 계획되었다. 당시 석조전의 가구는 모두 영국의 메이플 사의 가구였다고 한다.

테라스로 나가면 석조전의 정원을 한 눈에 내려다 볼 수 있다. 비록 일제에 의해 퇴락한 역사를 간직한 곳이지만 고종이 대한제국이 자주 국가임을 선포하고 경제적으로는 근대적 토지 제도의 확립과 상공업의 근대화를 추진하고 외국 여행을 허가하는 여권을 발급하여 세계화에 발맞추어 국가의 위상을 높이고자 한 점은 오랫동안 기억하고 싶다.

황제 일가의 슬픈 역사와 일제강점기의 아픈 역사를 뒤로한 채 아쉬운 발걸음을 옮겼다.

종이책을 보면서

도서관에서 책을 두 권 빌려 왔다.

개인적으로 꼭 읽어 보고 싶은 신간 도서는 공공 도서관에 제때에 구비가 되지 않는 경우가 많아서 인터넷 서점을 이용해서 주문을 하고 있고, 도서관을 찾을 경우엔 어디에나 있을 만한 책 위주로 미리 리스트를 작성해서 방문을 하곤 한다.

그런데 빌려 온 두 권의 책 중 하나가 책 안에 온통 연필로 줄을 긋고 별 표시가 되어 있었다. 그리고는 반납을 앞두고 부랴부랴 서둘러 지우개로 지우려다 보니 그랬던 것인지 한 장 한 장 넘길 때마다 책 사이에 지우개 찌꺼기가 잔뜩 끼어 있었다.

공공도서관에 있는 책들은 개인의 재산이 아니라 시민 모두를 위한 책들이다.

공공도서관에서 대여하는 책의 경우에 해당 관할 지역 거주자들의 공동 재산이므로 책을 찢거나, 낙서(줄긋기 등)하는 행위 시 배상해야 한다는 항목이 있다. 그런데도 일부 이기적인 DNA의 소유자들은 별로 개의치 않는 듯하다.

중학생 시절에 급우에게 시험 기간에 암기 과목 교과서를 빌려준 적이 있다. 그런데 며칠 지나서 가져 온 나의 책은 거의 너덜너덜한 걸레가 되어 있었다. 책에다가 크레용 색연필로 온통 있는 힘껏 밑줄을 치면서 읽는 바람에 지면이 불룩불룩 튀어나오면서 심지어 지면이 갈라지기까지 하는 바람에 차마 손을 댈 수 없고 식별하기도 힘든 몰골이 되어 있었다.

화를 내도 소용이 없었다. 자신이 구입한 책이라면 그럴 수 있었겠는가.

그런데 사실 나도 책에다가 줄을 많이 긋는 습관을 가지고 있다. 따로 메모할 수도 있지만 별도로 메모지를 챙기는 것도 번거롭고 해서 마음에 와 닿는 좋은 문장이나 이해가 잘 가지 않는 경우에 연필로 줄을 긋곤 한다. 물론 내가 구입한 책에 한해서다.

책을 구입했을 경우나 선물로 받았을 경우 책을 손에 거머쥐게 된 해당 일의 연도와 날짜, 요일까지 책 면지에 기록을 하는 습관도 있다.

편하게 읽을 수 있는 에세이나 소설책의 경우엔 책이 깨끗한 편이지만, 인문학 서적이나 경제 서적의 경우에는 책에 연필의 흔적이 많이 남아 있다. 그러다 보니 도서관에서 빌려 오는 책들은 대부분 읽기 편한 장르의 책들이 많다. 심지어 도서관에서 빌려왔다 하더라도 자주 꺼내서 볼 만한 책이라면 별도로 구입을 해서 다시 밑줄을 그어 가며 되새김질하곤 한다.

6년 전에 구입한 아이패드에 저장한 e-book 파일이 한가득이지만 사실 손이 잘 가지 않고, 정도 가지 않는다. 이동하거나 어디 멀리 가서 머물게 될 경우에는 태블릿피시를 챙겨 가는 건 매우 유용하다.

하지만 그런 경우를 제외하고는 아직은 종이로 된 책을 좋아한다. 책의 내용도 내용이지만 책의 표지를 감상하기도 하고, 밑줄도 그어 가며 만지면서 음미하면서 읽을 수 있는 종이책이 가져다 주는 아날로그의 정서가 있고 독서의 가치를 높여 준다고 생각하기 때문이다.

오래 전에는 음악도 아날로그 레코드 음반으로 듣고는 했지만, 그 후 기술의 발전으로 콤팩트디스크로 디지털 소형화되면서 생활의 편리함을 가져 왔고, 이제는 콤팩트디스크에서 MP3 파일을 추출하여 스마트폰에 저장해서 듣고는 하듯 디지털 세상은 우리에게 간편하고도 신속히 정보를 제공하게 되었지만 아날로그가 주는 묘미를 채워 주긴 힘들다.

어쨌든 공공도서관에서 빌려 온, 페이지를 넘길 때마다 지우개 찌꺼기가 흘러내리는 책 한 권이 불쾌함을 주고 있지만, 그렇다 하더라도 어찌 보면 이런 사소한 불쾌함조차 아날로그가 주는 광의의 정서가 아닐까 하는 생각이 들어서 이내 그 마음의 동요도 곧 사라져 버리기는 했다.

햄버거 주문도 못 하는 영어

미국에 머무르고 있을 때였는데 뒤따라 들어온 전 직장의 동료가 있었다.

각자 아주 멀지 않은 서로 다른 지역에 생활하다가 주말이면 가끔 나를 승용차로 픽업하러 와서는 번화가에 가서 쇼핑도 하고 경치 좋은 곳으로 돌아다니기도 했는데, 배가 고파서 패스트푸드점에 가게 되면 주문을 늘상 나한테 미루기만 하는 것이었다. 영어가 약한 그가 직접 주문하는 것을 두려워했기 때문이다.

나도 한국에서는 영어를 꽤 오랫동안 공부했다고 생각하는데도 가장 자신 없어 하는 부분이 글이 아닌 말로써의 소통이었다.

처음 미국에 도착해서 기숙사 방을 배정받는데 여직원과 소통이 되지를 않아서 애를 먹었다. 외출 나가서는 패스트푸드 점 같은 곳에 가서 햄버거 하나 주문하다가 버벅거리다가 얼어붙고만

하류 영어의 씁쓸한 기억이 아직도 생생하다.

　우선 패스트푸드 점은 우리가 허리우드 영화에서 많이 보아 온 고급 레스토랑과 다르게 직원들이 느긋하고도 젠틀하게 주문을 받을 리 없다. 우선 2인분을 주문하려는 의도로 "ooo for two"라고 잘못 말했다가 종업원들끼리 웃던 모습이 기억난다.

　일단은 위기를 넘기고 메뉴를 선택해서 2인분을 주문한 것까지는 성공했으나 그 다음이 내용물에 어떤 소스들이 있는데 그걸 넣어드릴까요, 빼드릴까요, 야채가 뭐가 들어가는데 넣을까요, 빼드릴까요 등등의 고객의 취향이나 체질까지도 고려한 자질구레한 옵션을 가지고 속전속결로(?) 물어온다. 마지막으로 행사 기간이라 쿠폰이 있으면 할인 적용이 된다는 것까지 설명을 해오는데 속으로 '이게 대체 어떤 소스지?' 라는 생각을 하는 순간 나머지 문장들을 모조리 놓쳐 버리기 일쑤였다.

　특히 대화에서의 가장 큰 적이 두려움인데 스스로 자신 없다고 쫄아 버리는 순간 아는 영어조차도 다 날려먹기 십상이다.

　과거 MB 정부가 야심차게 '영어몰입교육' 을 도입하고자 했다. 소위 '영어가 아닌 기타 과목까지도 영어로 가르치는 교육' 을 하고자 한 것인데 계획 추진이 구체화되지 못했다.

　2000년대 초반 대표적 공교육 정책의 일환으로 경기도에서 처음 시작한 영어마을이 십여 년이 지나면서 속속 만성적자로 인해 폐쇄되고 있다.

TOEIC시험이나 유학에 들어가는 비용을 절감하고 범국가적 영어 소통 능력 향상을 목적으로 '국가영어능력평가시험(National English ability test)'라는 것을 2007년부터 추진하기 시작하여 지금까지 정부가 소요한 개발 비용은 무려 587억 원이 넘은 것으로 나타났다.

그럼에도 정권이 바뀐 후 당초 2015년부터 수능 영어를 대체하겠다던 계획도 보류되고 실제 공공기관이나 공기업에서도 채용시험 등에 적용을 보류시켰고, 기업 내에서 활용하는 경우도 없는 것으로 나타났다. 결국은 도입 계획은 흐지부지 무산되었다.

정부의 오락가락 영어 교육 정책으로 인해 국민들이 끌려가며 골병만 들어간 셈 아닐까 싶다. 우선 우리나라는 영어가 EFL(외국어로서의 영어) 언어 환경에 있다 보니 평소에 자주 영어를 접할 기회가 많지가 않다. 게다가 오랜 기간 문법에 치중한 주입식 영어 교육에 치중하다 보니 한국인의 듣고 말하는 표현 영어의 구사력은 바닥 수준이다.

영어를 잘하기 위해서는 우선 많이 듣고 많이 말하는 훈련을 해야 하고, 잘 듣고 잘 말하기 위해서는 필수적인 어휘력 습득과 읽기 쉬운 수준의 영어책들을 다독하여 배경지식을 쌓고, 좋은 문장들을 많이 들으면서 암기해 줘야 한다. 필수 문장들을 완전히 외우고 나면 주요 단어들을 바꿔 가면서 여러 상황에서 소통할 수 있게끔 응용 학습도 필요하다.

영어학습자는 우선 시험 성적에 대한 강박관념부터 완전히 없앤 후에 '나만의 영어 공부에 대한 투자'를 시작해야 한다.

한 사람이 하나의 새로운 언어를 습득하기 위해서 필요한 절대시간인 임계치에 도달하기까지는 보통 4,000시간에서 10,000시간 정도가 필요하다는데 그렇게까지 인내심을 가지고 학습을 지속하기가 매우 어렵기 때문에 소통 영어의 달인이 되는 길은 결코 쉬운 일이 아니다.

초등학교 때부터 학교에서 아이들이 영어로 생각해서 영어로 발표하게 하는 훈련을 시켜 줘야 하고 문법 중심이 아닌 실용영어(쓰고 말하기) 중심으로 학습이 이루어져야 한다.

무엇보다도 시험 결과에 연연하게 만들어 조기에 영어 공부가 어렵고 지겨워서 도태되지 않게끔 어릴 적에는 우선 제대로 된 영어 학습 습관을 키워 주는 것이 공교육의 궁극적 목표가 되어야 할 것이다.

프랜차이즈에 관하여

프랜차이즈franchise의 의미는 본사가 가맹점에게 자신의 상호 (CI), 브랜드(BI), 노하우(기술) 등을 가맹 계약을 통해 체계적인 훈련을 제공하고, 브랜드 사용에 대한 권리와 상품의 영업권, 영업 구역에 대한 지역권, 마케팅 등을 제공하고 전국적으로 가맹점들이 본사와 동일한 상표 사용, 상품 판매를 통해 최종 소비자들에게 서비스를 제공하게끔 하는 것을 말한다.

통계청 자료에 의하면 2014년 기준으로 등록된 프랜차이즈 본부의 수만 4,288개, 가맹점 수가 19만 개에 달하는 것으로 나타났다. 그런데 한 해에 폐업하는 자영업자 수만 해도 15만 명에 달한다고 하고, 그 중 프랜차이즈 체인점도 상당수 있는 것으로 분석된다.

우선 프랜차이즈 사업은 사업 본부(본사)와 가맹점 간의 윈윈 (win-win) 시스템이 갖추어져 있지 않으면 성공하기 힘들다. 매년 프랜차이즈 본사들이 우후죽순처럼 생겨나고 그에 따른 가맹점 들이 폭발적으로 증가하는 이유는 역설적으로 경기 불황으로 인한 일자리의 감소에 그 원인이 있다. 일자리를 찾지 못하거나 퇴직하고 나서 직접 창업의 길로 나서면서 탈출구를 찾는 경험 없는 창업자들이 증가하고 있는 것이다.

사업 경험이 없거나 경험이 부족한 예비 창업자나 초보자들에게 있어서는 잘 갖추어진 본사의 이미지와 교육, 브랜드 인지도, 마케팅 지원에 대한 것들이 로컬 사업보다 상대적으로 손쉽게 선택할 수 있는 장점을 갖추고 있다.

그럼에도 프랜차이즈 사업을 하면서도 실패하는 경우의 수가 높은 이유는 경쟁력 없는 본사의 선택, 가맹점 자체의 관리 소홀 에도 원인이 있다. 가맹점의 폐업뿐 아니라 가맹 사업 본부의 폐업율도 높은 편이다. 검증되지 않은 아이템과 자본력으로 프랜차이즈 사업 본부를 창업하여 결국엔 시장에서 도태되는 과정에서 몇 안 되는 가맹점들마저 피해를 주는 경우이다.

사업 본부가 가맹점들의 가맹비를 챙긴 후에 고의 부도를 내고 잠적하거나 유사 업종으로 다시 창업하는 경우도 많다. 심지어 유사 브랜드를 만들어 기존의 가맹점 인근에 새로운 브랜드의 가맹점을 꽂는 경우도 많았다.

가맹점 재계약 시에 재가맹비가 업체마다 천차만별인데, 재계약 조건으로 인테리어 공사를 요구하거나 본사만을 위한 광고에 소요되는 광고비를 가맹점으로부터 갈취하는 사례, 가맹 해지 시에 보증금 미반환 등의 사례들도 있었다. 이러한 현상은 외식 업체에서 두드러지게 그 폐해가 심했다. 그러다 보니 2000년도 후반부터 '가맹사업거래법'이 개정되면서 영업 지역권에 대한 보장(지도 표기, 중복 개설 금지), 매출로 인한 계약 해지 불가 등의 제도적인 보호 장치가 점차 강화되고 있다.

그런데 가맹 사업에는 갑과 을의 관계만 있는 것이 아니다. 가맹 사업 본부인 본사를 대신하여 특정 지역에 대한 가맹 영업과 관리를 위한 영업 지사(본부)라는 것이 존재한다. 지사 또한 적정의 가맹비나 담보 등을 본사에 제공하고 계약된 지역에서 가맹점들을 모집하고 관리를 하는 조건으로 수수료를 본사로부터 수령하게 된다. 이런 지사(본부)를 본사에서 일방적으로 해지하거나, 최초 계약에 명시된 영업 지역권을 박탈하거나, 수수료를 낮춰 버리는 횡포도 여전히 존재하고 있다.

본사의 변경된 정책을 받아들이지 않으면 해지를 하겠다고 하니 울며 겨자 먹기로 받아들일 수밖에 없는 모양이다. 본사의 슈

퍼 갑질에 대해 개인이 거대 본사를 상대로 갈등의 길을 걷기 시작하는 순간부터 당장에 치러야 할 불이익과 그에 따른 손실들을 감당하기가 현실적으로 쉽지가 않다. 창업자가 올바른 본사의 선택과 피해를 최소화하기 위해서는 반드시 정보 공개서와 회사에 대한 평판 조회를 해야만 한다.

정보 공개서는 회사의 대표나 경영진들의 범법 사실이나 회사의 재무 구조, 매출, 실제 가맹점 수들이 상세하게 표기되어 있는 문서이고, 가맹점은 본사와 가맹 계약을 하기 이전에 반드시 본사로부터 15일 이전에는 제공받아야 한다.

정보 공개서만큼 중요한 것이 해당 회사의 평판 조회이다. 정보 공개서만으로는 알 수 없는 회사의 영업 방침이나 도덕성 등을 실제 가맹점 등을 여러 곳 방문하거나 검색을 통해서 참고하면 된다.

프랜차이즈 산업이 반드시 어두운 면만 있는 것은 아니다. 프랜차이즈 산업은 미래 전망이 밝은 편이다. 현재 사회에 공헌도가 높고, 좋은 기업 이미지를 갖추고 매출이 우량하며, 적어도 10년 이상 롱런하는 우수 업체들이 많이 있다.

프랜차이즈 산업은 외식업체뿐 아니라 산업 전반적으로 셀 수 없이 많은 아이템을 창출할 수 있는 고부가가치 산업이다. 예비 창업자들이 잘 선택하고, 잘 선택될 수 있게 프랜차이즈 본사에서는 높은 도덕성과 영업 노하우에 대한 완성도를 높여야만 할 것이다. 아무리 좋은 가맹점주라도 본사가 허술하면 창업에 실패할 수 있고, 아무리 좋은 본사라도 가맹점주가 관리에 소홀하다면 실패할 것이다. 확실한 것은 가맹점의 수익을 저절로 보장해줄 수 있는 본사는 단 한 곳도 없다는 것이다.

고양시 화전 벽화마을

벽화하면 우선 우리가 어릴 적 미술이나 역사 시간에 배웠던 원시 벽화나 고대의 고분벽화도 떠오르고 뉴욕 소호거리의 벽화와 같이 해외의 로맨틱한 풍경을 떠올리기도 한다.

그런데 현재 우리나라 전국 곳곳에도 벽화가 밀집 형성된 벽화마을이 많이 생겼고, 지금도 늘어나는 추세이다. 제법 알려진 곳으로는 서울 종로구 이화동 벽화마을, 통영 동피랑 벽화마을, 여수 고소동 벽화마을, 부산의 감천문화마을 등을 손꼽을 수 있다.

그 외에도 새로 생기는 곳이 증가하고 있는 이유는 노후된 지역을 재개발을 통해 완전하게 변모시키는 방법이 있기도 하지만, 원래의 마을의 형태는 그대로 둔 채 지역의 미관을 효율적으로 아름답게 꾸미는 방법 중 하나가 벽화마을 조성이기도 하기 때문이다. 주거공간과 문화예술이 상생하는 곳으로 거듭날 수 있는 아이디어이기도 하다.

벽화마을은 전국 곳곳에 규모도 다양하여 대규모 관광지로 성장한 곳이 있는가 하면, 작은 마을의 주택가를 따라서 띄엄띄엄 꾸며진 곳도 있다.

어느 봄날의 주말을 이용하여 고양시 화전동 벽화마을을 찾은 적이 있다. 서울에서 한 시간 정도면 찾을 수 있는 거리이고 은평구와는 아주 가까운 곳이다. 관광지 수준의 규모나 볼거리, 편의시설이 갖추어진 곳은 아니지만 도보나 사진 찍기를 좋아하는 사람들이 혼자서 이 곳을 찾기에는 괜찮은 곳이다.

화전동 주민센터는 그린벨트 지역이 많은 이곳의 분위기를 좀더 새롭게 바꿀 필요성을 느끼고 2011년부터 벽화마을로 조성하기 시작했다. 마을 주택가의 담벼락에 예쁜 그림이 없었더라면 그저 평범하고도 평화로운 시골 마을의 분위기인데 그 위에 예쁜 색동옷을 입혔다.

이곳은 어느 한 지역에 밀집되지 않고 다소 흩어져서 벽화마을 길이 조성되다 보니 초행길의 여행자에게는 한 걸음 만에 길들을 찾기가 쉽지 않은 곳이다. 그렇기 때문에 가족나들이나 데이트 코스로는 글쎄? 라는 생각이 들게 만든다.

우선 이곳을 찾기 위해서 맨 처음 경의선 화전역 1번 출구로 내리고, 대로변으로 걸어 나와서 신호등을 건너면 역전이발관이 보인다. 그 이발관의 벽에 화전 벽화마을을 알리는 안내 글들이 꾸며져 있고 우측엔 벽화마을 안내 표지판이 서 있다. 그 나름 코스도 다양해서 꽃길, 무지개길, 힐링길, 동화길 등이 있다.

우선 이발관 뒤편 골목길로 걸어 들어가면 덕양중학교, 덕은초등학교가 보인다. 그 왼편 주택가 쪽으로 첫 번째 도보 코스가 있다. 덕양중학교 왼편 골목길을 한 바퀴 돌고나서 좀 싱겁다는 생각이 들었으나 이곳에서 조금 더 떨어진 곳에 도보 코스들이 더 있었다.

초행자에게는 땀나는 발품을 팔게 만드는 코스였는데 왜냐면 푯말의 지도를 수 차례 보아도 단박에 길을 찾기가 쉽지 않고, 제2 제3의 푯말들이 아주 작게 표식되어 있어서 처음부터 눈에 잘 보이지를 않기 때문이다.

화전역에 내려서 맨 처음 벽화마을이라는 글씨를 보았던 바로 그 이발관 앞에서 화전동 주민센터 방향으로 대로변을 따라서 주욱 300미터 정도를 걸어가면 주민센터 대로변 맞은편 방향으로 각종 스포츠 의류 매장들이 모여 있는 곳이 있다. 그곳이 '화전 아웃렛' 인데 눈을 크게 뜨고 살피면 작은 푯말들이 보인다. 주택가 담벼락에 그려진 벽화들은 이미 여러 해가 지나다 보니 어떤 것들은 빛바랜 느낌을 주는 것들도 많았다.

골목길 굽이굽이 좁은 언덕길과 내리막길을 거듭 오르내리면서 꽃길, 힐링길에 있는 벽화들을 만났지만 막상 이곳에 거주하는 주민들의 생활환경은 그리 녹록치 않겠다는 생각도 들었다.

　봄날의 햇살은 매우 따가웠다.
　카메라를 어깨에 메고 두 시간 넘게 걸어 다니는 동안에 얼굴이 타는 느낌이 들었고 땀도 많이 흘러내렸다. 이곳의 모든 길을 다닐 수는 없었고 모든 벽화를 다 촬영할 수는 없었다. 다만, 그림으로 사람이 행복해질 수 있고, 이곳에서 거주하는 주민들과 이곳을 찾는 이들이 더 행복해질 수 있었으면 좋겠다는 생각을 가지게 되면서 발걸음이 가벼워진 것만으로도 충분했다.

역술, 여론조사, 그리고 정치

역술이란 해와 달의 운행을 재어 책력을 만드는 기술로써. 동양의 사상이 함축되어 있는 음양의 원리와 오행을 가장 핵심적인 사항으로 삼고 이런 변화 값을 파악해 가는 학문인 역학을 활용하는 기술이다.

역학은 철학적인 근거에 의해 데이터 수치를 산출하여 확률로써 그 결과를 도출하는 학문이다. 따라서 역술인들은 많은 심신 수양과 역학을 탐구함으로써 사람의 사주를 더 깊이 있게 풀어내고 정확성을 확률적으로 높일 수 있다.

그런데 무속인은 조금 다른 차원에서 분류하나 보다. 평소 평범한 생활을 해오다가 갑자기 신내림에 의해서 점占집을 차리게 된 이들도 많다고 한다. 몇 몇 유명 연예인들이 신내림에 의해 무속인 생활을 하게 되었다는 뉴스에 대한 기억도 내게는 남아 있다. 그러다 보니 점 보러 온 사람들의 기본신상(생년월일)에 대한 정보 없이도 상대방을 보고서 바로 신의 소리를 빌어 운세를 맞추는 경우가 많다는 것인데 좀 더 초자연적으로 접근되는 영역이 될 것 같다.

수 년 전 구정 연휴 기간에 JTBC에서 역술인에 대한 검증을 주제로 한 프로그램을 방송하기에 관심을 가지고 시청을 한 적 있다. 제작진들이 복비 일천만 원을 투입한 결과는 그리 신통하지 않았다. 대한민국 10대 점술가를 찾기 위해 전국을 누빈 결과 1차로 선정된 점술가가 6명이었고, 그 중 2차로 검증을 통해 무속인 두 명이 통과된 것인데 통과하지 못한 대부분의 점술가들은 제대로 된 사주풀이보다는 제작진들의 노출된 기본신상이나 이미지에 의존하는 듯한 인상이었다. 통과한 두 명의 무속인들은 신기할 정도로 상대방에 대해서 정확하게 맞추기도 했다.

지난 18대 대선을 앞두고 많은 역술인들을 통해 유력 정치인들에 대한 사주풀이와 대권 운세 등이 유포되고, 2012년 9월 하순에는 어느 유명 역술인이 종편에 출연하여 박근혜 후보는 운이 없고 안철수 후보는 이번보다 다음을 바라봐야 하며 문재인 후보 쪽에 강한 운이 느껴진다고 하여 논란이 된 적이 있다. 예측은 빗나갔고 박근혜 후보가 당선되었다.

이후 모 종편 TV 프로그램에 해당 역술인이 다시 출연하여 '차기 대선엔 여당이 이긴다'며 야권 주자들에 대해서는 회의적인 발언을 하여 다시 논란을 일으켰다. 여야의 유불리한 풀이를 떠나서 매우 부적절한 방송이었다. 물론 예상은 또 빗나갔다.

'사람의 얼굴에는 세상 삼라만상이 모두 들어 있어 얼굴을 보면 그 사람의 모든 것을 꿰뚫어볼 수 있다'는 조선시대 어느 천재 관상가를 소재로 한 영화도 우리는 기억한다.

역사적인 이야기를 관상이라는 콘셉트로 풀어 나가는 재미있는 영화였는데 결국 '관상'이란 것은 상대방의 얼굴에서 풍기는 기운을 통해서 길흉화복을 풀이함으로써 앞날의 화를 피하고 복을 유도하기 위해 백성들에게 힘을 주고 덕담을 나누는 당시의 스토리텔링이 아니었을까?

정치권에서 대통령의 지지도나 차기 대권 후보군 지지율 여론조사의 결과에 대해서도 논란들이 많다. 여론조사는 집전화를 사용하느냐, 휴대전화를 사용하느냐, 집전화나 휴대폰 응답을 몇 프로로 반영하느냐에 따라서도 결과가 크게 달라질 수 있고 시간대가 평일이냐 주말이냐에 따라서도 크게 결과가 달라질 수 있다. 단순 찬반이나 특정 인물을 선정하는 단순 지지율 조사가 아닌 석연치 않고도 애매한 항목을 넣는 경우에도 유권자들에게 큰 혼돈을 가져올 수 있다.

　정치평론 역시 마찬가지이다. 정치평론가가 방송에 출연하여 정확한 사실과 객관적 논리를 근거로 정치권이나 유력정치인들에 대한 품평을 하고 앞으로의 정국을 예측해야 할 텐데 자신의 마음속 바람대로 평론을 한다면 그것은 혹세무민이나 다름없다.

　민심은 정직하다. 정치권이 진정성을 가지고 국민들을 섬기느냐 아니냐에 대한 반응은 금세 표가 나게 마련이다. 정치인들의 포퓰리즘에 근거한 진정성 없는 코스프레나 이중성 등도 마찬가지로 지양되어야만 한다.
　민심을 사로잡을 수 있는 것은 결국 역술인의 점괘도, 여론조사 결과도, 정치평론도, 쇼맨십도 아닌 정치인들의 '국민들을 위해 무엇을 해야 하는지 찾아나서는 진정성과 낮은 자세로서의 겸손함'에 달려 있는 것이다.

이미지 정치

　선거 때만 되면 정치인들은 재래시장을 찾고, 외진 곳을 찾아 다니며 홀로 기거하는 노인들의 손을 잡기도 하면서 사진을 참 많이 찍는다. 특히나 대통령 선거에 나서는 귀하신 분들이 재래 시장에 도착해서 어묵이나 떡볶이를 먹으면서 찍는 사진은 필수 코스가 되어 버렸고, 언론에서도 그런 류의 사진을 꽤나 즐기는 듯하다.

　그렇다면 재래시장도 가지 말고, 사진도 찍지 말라는 뜻이냐고 반문한다면 꼭 그런 뜻은 아니라고 답하고 싶다. 중요한 것은 당 연하게도 당사자들의 진정성은 평소 그들이 얼마나 충실한 소통 과 행보를 해왔느냐에 달려 있을 것이다.

　평소 코빼기도 보이지 않다가 선거철이 되니까 나타나서 사진 찍고 간다고 욕하는 사람들이 많을지언정 불행히도 아직까지는 이런 쇼가 많이 먹혀 들어간다. 그것이 수준 낮은 대한민국의 정치 현실을 방증하고 있는 것이다. 정치 후진국일수록 전시행정, 권력가들의 사진 찍기 퍼포먼스가 남발되고 있고, 정권의 홍보수단으로 이용되는 가장 쉽고도 요긴한 방법으로 통한다.

우리나라도 마찬가지다. 세월호 참사 때 국가의 실종과, 때늦은 국가수반의 눈물의 기자회견을 보면서 정치의 책임과 진정성, 양심의 실종을 목격한 바 있다. 정치권 전체가 시도 때도 없이 시선을 의식한 사진 찍기와 코스프레, 리트윗 전위 부대를 동원한 SNS 이미지 정치, 직권 남용, 영악한 퍼포먼스들이 도를 넘었다.

이는 무분별한 대선 여론조사 발표에도 그 책임이 있다. 대선이 끝난 지 얼마 안 되어서부터 차기 대선을 위해서 지금까지 매주 작위적으로 선정된 대선 후보자들을 가지고 필요에 따라서 특정인을 넣었다 뺐다를 반복하기도 하고, 질문 항목을 바꿔서 발표하기도 한다. 그러다 보니, 권력 야망이 큰 사람들은 여론조사를 의식해서 우선 대선 후보 명단에 자신의 이름이 들어가는 것을 지상 과제로 여길 만하다.

후보군에 오른 이들은 벌써부터 몇 년이나 남은 대선을 앞두고 일찌감치 지지율을 의식할 수밖에 없게끔 만들다 보니, 지지율 재고를 위해 각종 퍼포먼스, 전시 행정, 깜짝쇼를 남발하면서 포퓰리즘에 젖어들 수밖에 없게끔 한다. 지지율에 도취되어 민심과 동떨어진, 올바른 정치적인 선택을 하지 못하는 정치 지도자도 있다.

반면에 퍼포먼스를 거부하는 정치인들도 있다. 보여 주기식 행보를 지양하며, 자신의 길만 묵묵히 가겠다는 이도 있다. 진심어린 정치가 세상을 바꿀 수 있다고 믿는 것 같다.
그런데 우리 정치판의 수준이 그리 높지 만은 않은 게 문제이다. 자연식에 가깝게 먹어야 건강에도 좋은데 그렇게 하자니 돈도 많이 들고, 화학조미료에 잔뜩 길들여진 입맛을 바꾸기가 쉽지도 않고, 바꿀 생각도 하지 않는다.

우리네 정치판은 여태껏 목소리 큰 놈이 이겨왔다. 일단은 먼저 저지르는 자가 인지도 높이기엔 성공을 했다. 작은 것도 생색을 많이 내는 사람이 관심도 많이 받았고, 사진을 많이 찍는 사람이 얼굴을 많이 알리는 데는 성공했다. 이런 비합리적인 모순이 바뀌어야 하는데 그렇질 못해서 안타까운 것이다.

하지만 간과할 수 없는 사실은 현실 정치는 투쟁이다. 기품만 가지고서는 경쟁하기 힘들다. 바지에 흙탕물이 튀고, 셔츠에 때와 먼지가 묻는 경우는 허다하다. 이를 피해 나갈 순 없다. 진심의 정치라도 흐름과 세가 없다면 힘들다.

좋은 정치를 하려면 세勢도 키워야 한다.
든든한 버팀목이 있어야 한다.
국민 전체에게 자신의 진심을 알릴 수 있는 행보가 무엇인지 고민은 늘 필요하다.

발효된 삶을 산다는 것

휴일 오후 집에서 디스커버리 채널을 시청하다가 아이슬란드의 전통 음식 중에서 우리의 홍어회랑 비슷한 요리가 소개되고 있어서 관심을 가지고 유심히 지켜보았다.

오래전 그곳의 해안에서 먹을 것을 찾던 바이킹들이 그린란드 연안으로 몰려든 상어들을 포획하여 먹은 후 집단으로 배탈이 나거나 사망하는 일이 발생했다고 한다. 이유인즉 갓 잡은 상어의 몸속에 있는 유독성분 때문이었다고 한다. 하지만 현명하게도 적정시간을 발효시킨 후에 먹으면 괜찮다는 사실을 알게 되고 난 이후로 자연스럽게 아이슬란드의 전통 음식이 되었다는 것이다.

하우카르라 불리는 이 발효된 상어고기는 삭힌 홍어와 싱크로율이 90프로 이상은 되는 것 같다. 술안주로도 좋다고 하니 그마

저도 비슷한 것 같아서 신기할 따름이다.

그런데 스웨덴에는 수르스트뢰밍이라는 초강력 발효식품이 있는데, 청어를 삭힌 강력함이 홍어보다 스무 배는 더하다고 하니 가히 상상을 초월한다. 중국에도 소금에 절인 두부를 발효시킨 취두부가 있는데 이 역시도 명물이라고 한다.

열거한 이 요주의 음식들의 공통점이 하나 더 있다면 발효 예찬론자들의 사랑을 듬뿍 받고 있다는 사실이다. 사람의 입맛이 참으로 오묘한 점은 시고 비리고 맵고 씁쓸한 맛은 처음에는 강한 거부감을 주지만, 동시에 강한 중독성을 지니고 있어서 그 맛에 한 번 빠져들면 헤어날 수 없게 만든다는 점이다. 강한 것에 면역성이 생겨서 오히려 그것을 즐기게 된다고 해야 할까?

삭힌 청어 통조림 하나로 프라이팬에 올려서 데워도 먹고, 샌드위치에도 넣어서 먹고, 술안주로도 먹고, 그냥 간식으로도 먹는다 하니 발효에 깊이 중독된 일상이 아닐 수 없다. 굳이 발효는 아니더라도 태국의 톰양꿍 같은 신맛에 중독된 사람들, 베트남 쌀국수에 넣는 고수에 중독된 사람들, 중국요리에 많이 들어가는 향신료인 팔각이나 감초에 매료된 사람들도 많이 있다. 모두 평범한 맛은 분명 아니지만 강한 중독성을 지닌 음식이거나 식재료들이다.

우리네 인생살이도 단맛, 쓴맛, 매운맛, 신맛 두루두루 다 경험을 한 뒤에야 사는 게 뭔지 조금은 안다고 담담하게 말할 수 있는 것일까? 늘 좋은 일만 생기면 좋을 텐데 설령 그렇지 못하더라도 적당히 쓴맛, 시린 맛도 경험하며 자연스럽게 발효된 삶을 산다는 것도 그리 나쁘진 않은 것 같다.